U0508344

里面的里面

朱嘉汉 —— 著

当代世界出版社
THE CONTEMPORARY WORLD PRESS

图书在版编目（ＣＩＰ）数据

里面的里面 / 朱嘉汉著 . —北京：当代世界出版
社 , 2021. 4
ISBN 978-7-5090-1360-1

Ⅰ. ①里… Ⅱ. ①朱… Ⅲ. ①中篇小说—小说集—中
国—当代 Ⅳ. ① I247.7

中国版本图书馆 CIP 数据核字 (2021) 第 049423 号

书　　名：里面的里面
出版发行：当代世界出版社
地　　址：北京市东城区地安门东大街 70-9 号
网　　址：http://www.worldpress.org.cn
邮　　箱：ddsjchubanshe@163.com
编务电话：（010）83907528
发行电话：（010）83908410
经　　销：新华书店
印　　刷：北京中科印刷有限公司
开　　本：1092 毫米×850 毫米　　1/32
印　　张：8
字　　数：170 千字
版　　次：2021 年 4 月第 1 版
印　　次：2021 年 4 月第 1 次
书　　号：978-7-5090-1360-1
定　　价：48.00 元

目 录

总序

Ⅰ 海上风雷

王德威

青春与革命是现代中国文学最重要的主题之一。二十世纪初梁启超首开其端，以《少年中国说》（1900）召唤青春希望与动力，一时如应斯响。一九一五年九月，陈独秀等创办《青年》杂志，在发刊词中以初春、朝日比喻青年的朝气蓬勃，期勉中国新生代奋力创造未来。次年李大钊继之以《青春》《青春中华之创造》等文，宣称"盖青年者，国家之魂"。

这一青春想象的政治载体是革命。"五四"狂飙卷起，革命救亡还是启蒙淑世，成为一代青年对话或交锋所在，也成为启动文学现代性的契机之一。从叶绍钧的《倪焕之》（1927），到巴金的《激流三部曲》（1933）、路翎的《财主的儿女们》（1947）、杨沫的《青春之歌》（1958），每一世代作家都曾铭刻青年革命者与时代搏斗的轨迹，或彷徨，或呐喊，或牺牲。这些作品所汇集的想象资源至今影响不辍。

与此同时，大陆以外的华语社会也风起云涌。一九二四年，台湾青年杨逵（1906—1985）为了反抗童养媳婚姻、追求思想出路，东渡日本，因此接触进步活动。杨逵一九二七年回台后积极参与农民运动和新文化运动，一九三五年更以短篇小说《送报夫》赢得日本《文学评论》二等奖。小说以日本殖民资本主义势力对台湾土地的搜刮开始，描述一个留日台湾学生如何在异乡经历了经济、民族地位的不平等待遇，从而决心加入社会行动。这篇以日文创作的小说后由胡风译成中文，成为最早被介绍至大陆文坛的台湾作品之一。

一九三六年，江苏常熟青年教师金枝芒（陈树英，1912—1988）与妻子来到英属马来亚。金枝芒读中学期间即参加学生运动，一九三五年"一二·九运动"后涉入更深。当时许多前卫青年前往延安，金枝芒却选择下南洋。往后十年他厕身新马华人文教运动，同时参与地下抗日组织。"二战"后英国殖民者再度得势，金枝芒和他的同志转而抗英。一九四八年底，他加入马共丛林抗战队伍，辗转十余年，留下了相当数量的文字记录，最著名者为小说《饥饿》（1961）。

类似的故事所在多有。一九三二年，十七岁的黑婴（张炳文，1915—1992）从印度尼西亚棉兰来到上海就读暨南大学，结识新感觉派文人穆时英、施蛰存等，成为其中最年轻的一员。抗战爆发，黑婴返回印尼参加抗日活动，因此身陷囹圄。战后他担任《生活报》总编辑，出版短篇小说集《时代的感动》

（1949）和中篇小说集《红白旗下》（1949）。一九五一年，黑婴再次返回中国。一九四〇年，二十岁的新加坡华裔青年王啸平（1919—2003）回到中国参加抗日战争，加入新四军。新中国成立后，王啸平进入戏剧界，晚年以《南洋悲歌》（1986）等作回顾半生行止。王啸平的一个女儿也从事文学创作，她就是著名作家王安忆。

我们应如何看待这些作家？他们背景各异，但都是少小离家，四出冒险。他们都怀有一股无以名状的激情，企图改变自己或社会现状，也不约而同地在左翼理想中找到寄托。此处的"左翼"需要作广义理解，至少包括以下的特征：对抗传统体制、自居异端的勇气；"被侮辱与被损害者"的人道主义关怀；对社会、经济、政治不义现象的批判；对殖民及资本主义的反抗；对民族主义的追求；还有对跨越国际无产阶级联合阵线的号召。这些议题之间未必相互契合，但总能成为这些青年诉诸文学形式、不断辩证反省的焦点。

更重要的是，这些青年游走中国大陆内外，比起"五四"新青年，更多了一层跨地域、跨文化的经验。尤其在当时南洋与台湾的殖民地地区，族裔的差异、语言的分歧、家国想象的出入，甚至生态环境的变化都形塑了他们文字的特殊性。马来亚的威北华（李学敏，1923—1961）在印尼参与民族独立战争时，从印诗人安华（Chairil Anwar）、荷兰作家马斯曼（Hendrik Marsman）学得现代派技巧；"台湾第一才子"吕赫若（吕石堆，1915—1951）留日时期深受日本左翼运动影响，他的笔名传说取自朝鲜作家张赫宙与中国作家郭沫若。吕赫若的小说《牛车》

一九三六年也由胡风译为中文。

一九三八年，来自台湾美浓的客家青年钟理和（1915—1960）只身前往伪满洲国。他是"日据"时代少数能以流利白话汉文创作的作家，他的中国经验尤其与众不同。钟的同父异母的二哥钟浩东（1915—1950）为影响其最深者。钟浩东曾赴广东参加抗日，"二·二八事件"后，因密谋反国民党工作被捕遭处决。"我不是爱国主义者，但是原乡人的血，必须流返原乡，才会停止沸腾！"钟理和在人生的最后阶段，原乡情结如斯沸腾。

二十世纪中期冷战格局形成，国民党退居台湾。海峡局势虽逐渐稳定，但意识形态的禁忌无所不在。这是一个苦闷的年代。西方思潮的引进，岛内政治生态的改变，都促使有心的知识分子反思：他们应何去何从？一九六七年，出身台湾世家的郭松棻（1938—2005）前往美国加州大学伯克利分校专攻比较文学。此时越战方兴未艾，全球躁动不安，美国学潮、法国工运、中国"文革"，让郭松棻深有所感。他从存在主义哲学转入左翼哲学。一九七○年，郭投入保卫钓鱼岛运动，尽心竭力，竟致放弃博士学业。爱国的激情使他不能见容于台湾当局，被迫羁留海外多年。保钓运动烟消云散后，郭回身转向创作，铭刻所来之路，赫然发现这才是安身立命所在。

当代台湾最重要的马克思主义倡导者非陈映真（1937—2016）莫属。他的创作始于一九五○年代末期，小说《我的弟弟康雄》呈现淡淡的郁悒色彩，和无以自处的存在焦虑，充满现代主义色彩。但他迅即转向关注人间疾苦，以及社会公义问题；在戒严的年代里，鲁迅其人其文成为他最大的精神寄托。到了二十世纪六十年代中期，陈映真左翼人道主义的信念已经浮上台面。一九六八年，陈因思想问题被捕入狱，成了另一种"白色恐怖"牺牲者。

作为一位有坚定意识形态信仰的作家，陈映真对自己的付出无怨无悔。一九七五年出狱后，他仍然以卫道者的姿态批判跨国资本主义对台湾的侵害，以及第三世界国族政治的粗鄙短视。但对革命实践之后所暴露的巨大落差和变形，他不能无感，因此有了一九八〇年代著名的"山路三部曲"（《山路》《铃铛花》《赵南栋》，1984）。透过《山路》里曾经向往革命精神的老妇，陈映真问道："如果大陆的革命堕落了，会不会使得昔日的血泪牺牲，都变为徒然？"这是鲁迅式"抉心自食"的深刻反省。

阅读陈映真的一大门坎，是意识形态及文学创作间的辩证性。我们无法规避陈映真的政治信仰，只谈他的创作，但也不能完全依照作家的意识形态，强为他的作品对号入座。细读陈映真的作品，我们得见其他线索：从个人（政治或伦理）主体性的所伤，到群体生活的荒谬疏离，再到信仰与沟通的二律背反。他质问人性沉沦与扭曲的问题、罪与罚的问题、忏悔与救赎的问题，或沉郁低回，或义愤悲悯，无不真诚动人。

以上脉络勾勒近一个世纪以来，海外华语世界的青年如何投身时代风潮，又如何以文字铭刻身心的历练。这一脉络却往往被文学史所忽略或简化。近年有关陈映真、郭松棻等人的事迹逐渐得到重视，他们的主要作品也先后在大陆出版。但还有更多的作者和作品有待发掘。"海上风雷"系列即是希望呈现其中的精彩部分——那些青春岁月的冒险，那些激情与怅惘的故事，不应被历史遗忘。

二十世纪六十年代末的美国各种运动此起彼落，一批自台湾、香港留美的学生也纷纷投入其中。一九七〇年台湾外海的钓鱼岛领属权突起争议，一夕之间蕞尔小岛成为海外民族主义运动的象征。除了前所论及的郭松棻，刘大任（1939— ）更是当时的领导人物。他们感时忧国的激情与执着，不啻是"五四"精神的延伸。不同的是，"五四"热血文人的极致是文学退位，革命先行，而刘大任等人却是经历了政治洗礼后返璞归真，以文学为救赎。

保钓之后，刘大任以一种宛如自我放逐的姿态远赴非洲。赤道归来，他开始提笔为文。他的作品或痛定思痛，或云淡风情，但字里行间总潜藏一脉不甘蛰伏的心思。他写亲情友情的乖违，吉光片羽的启悟，举重若轻，无不是拼贴历史碎片、检视前世今生的尝试。小说成为一种谦卑的、反观自照的方法，一种无以名目的行动艺术。《浮游群落》（1982）中，刘大任回顾上世纪六十年代就读台大时所经历的"情感教育"。在白色恐怖的氛围里，在美式文化的洗礼中，一群血气方刚的大学生面对现实藩篱，摸索乌托邦的可能，却上下求索而不可得。他们呐喊，他们彷徨。一切悬而不决，一股虚无的感觉悠然升起。这本小说不啻是刘大任为一代台湾留美学生写下的前传。四十年来家国，当年的激情与壮志烟消云散，老去的作家有了此身虽在堪惊的惆怅。

相对于刘大任的传奇经历，张系国虽然亲历保钓，毕竟保持相对客观立场。时移事往，他一样不能忘情当年保钓经验——一群海外留学生最后的青春印记。张系国的《昨日之怒》（1978）名为虚构，其实此中有人，呼之欲出。他的风格堪与刘大任形成对话。刘大任现身说法，以今日之我自剖昨日之我，张系国则以旁观者姿态细数当年人事。俱往矣，只有感时忧国的情怀始终如一。

一九九五年，台湾剧场工作者及报导文学家钟乔（1956— ）的小说《戏中壁》，演绎"台湾新剧之父"简国贤（1917—1954）制作演出话剧《壁》的始末。一九四六年初，简国贤自日本学成返台，与民间讲古先生宋非我组织"圣峰演剧研究会"搬演《壁》一剧。这出戏讽刺国民党接收台湾后的社会乱象，赢得观众共鸣。"二·二八事件"后，简国贤加入共产党地下组织，四年后被捕处死。二〇一三年，简国贤的姓名被中华人民共和国镌刻并镶嵌于北京西山无名英雄纪念广场。

钟乔追随陈映真与蓝博洲（1960— ）的"革命考古学"，以文学及剧场形式挖掘、回顾简国贤的创作及死难。他理解述说受难者的血泪不难，述说血泪的"难以述说"性才难。已经发生的无从弥补，我们唯有借着不同的形式，不断尝试重组记忆，才能够铭刻历史的创伤于万一。《戏中壁》出入过去与现在，幻魅与真实，充满前卫色彩，却也是不折不扣的伤逝文学。

二〇二〇年，台湾作家朱嘉汉（1983— ）以《里面的里面》引起文坛瞩目。这部小说聚焦台湾共产党创始者之一潘钦信

（1906—1951）的故事。潘钦信一九二四年就读上海大学时即加入革命活动，后奉命组织台湾共产党；"二·二八事件"后他潜赴大陆，一九五一年病逝上海。相较于同为台共创党者谢雪红（1901—1970），潘钦信的过往早已湮没。朱家汉抽丝剥茧，将潘极戏剧性的政治生涯公之于世，也同时揭露一桩家族秘密：潘钦信正是作者的舅公。

《里面的里面》以真实的历史为舞台，拟想潘钦信消失前的踪迹，以及他所预留的线索，有待后之来者的破解。朱嘉汉追寻被抹去的痕迹，聆听沉默的声音，思考那不可思考的事物，最终以虚构重新建构历史。"若只是口述历史或挖掘真相，就只能挖到'里面'，而我试着把被掩盖的遗忘挖出来，小说才能'比里面更里面'。"

"九州生气恃风雷"——龚自珍在十九世纪登高一呼，号召变革，启动中国现代性的先声。从杨逵到陈映真，从王啸平、威北华到刘大任、张系国，多少豪情壮志以及随之而来的艰难考验，铸造一代又一代的传奇。上下求索，路阻且长，不变的信念是对文学正义与行动的坚持。借着"海上风雷"系列，我们重新检视革命历史版图，见证他们的青春之歌。

把自己折叠的男人

他一直想要拯救的那个人已经被抹去了。

像是将玻璃窗上的半透明污渍、雨水流过后宛若溪川的细痕、鸽子屎，用抹布沾点水轻轻擦掉后的样子。干净得如同因擦拭而留下来的痕迹比他们刻意为之的多。他知道同志们都彻底觉悟了：他们将留下的，并不是存活过的痕迹，而是被抹去的痕迹。他的同类们，关系始终游离，充满了冲突、不信任、背叛与密报。只是在最后，以完美的技术抹拭干净，成了共同的命运，虽然无缘知晓，但也不重要了。

他仍有一点点不甘心，想大声对谁抗议一下。等在面前的，怎会是全然背离他们所愿的死。即使他们仍然年轻，但命运使然，他们看待前几年的革命岁月犹如前世苍老。

他们等待。死，本该如武士切腹。他，以及他的朋友们，充满奇想地企盼这种形式的死亡。因其乏味，才有条件在那一切的行动里，专心地制造死亡。他们在想象中，练习能够每次都召唤出精确无比的想象画面与细节。切腹是最无言的死，因为他认为所有的思考或是语言，存在不得不呼应的黑暗。那是人的存在在面对难以承担的黑暗时的呐喊。切腹这样无须言语，甚至扼杀言语的死，如此光明，光明得像是直视烈日。

不怕孤独的他们，却怕极了孤独的死。他们暗中交流，以化名与暗号，互相戴着假面打交道时，也许都想过他们是怎样的以死誓盟。他们的命，如此朝不保夕，不殃及亲友已是万幸的有罪之身（尽管大部分的他们，甚少真正伤害过任何人）。生死互系，产生一种错觉：每一回任务的完成，躲过眼线后，都感觉自己的命是被拯救的。于是，与理智不相符的，他一次次

把自己折叠的男人

投入、以身犯险，皆感到救赎。原来该死的那条命，被上天允诺多延长一些。久了，命感觉是偷来的。直到死亡来临，才能卸下责任，完成最后的任务。

一个人的牺牲，与另一个人的承继，啊！这宇宙里无尽且沉默地被奴役的我们啊！这样代代相传。这族类，受思想毒害之人，妄想着走在人类命运的前端，以自身之死换取，不，是下注，赌那他们无权享用的未来。这让他们有安心感，因为踏上这条路，多半都不是他们自己选择的。没有人强迫，可总是太晚察觉自己已经在这条路上。秘密发芽，细丝朝向四面八方，你不知道如果选择切断关系，会留下多少把柄在他人手上。他们彼此不去谈论动机，没兴趣知道亦无打算让人知道为何参与革命事业，他猜测真正的原因，大家都是一样的。其实根本没有确切的时间点与动机，慷慨激昂所说的理由只是借口，他总感觉像抽到一个比较不好的签，在野球场上站在一个他不想待的位置，等着球朝他不怀好意地飞过来。

他想，至少，他应该有权利选择怎样的死。其实，过去除了组织开会必要表演的激烈陈词之外，点燃热血烧毁理智的仪式后，他内心里甚少有仇恨，不管是对日本人，或是对于阶级。他仅仅以最单纯的方式去相信，反抗就是历史推动的方式，终有一天是由历史上受压迫者的后裔来接管世界。那世界不见得更好，然而没有革命或抗争的需要了，或许有思想的人就可以做点别的事了。以至于，他单纯以为，面对形象模糊的敌人，喊着要打倒的敌人们，敌强于我的态势既然如此明显，而他们注定不见天日，且妻离子散、颠沛流离，至少他们这群渺小的生命有权决定该怎么死。例如可以尊严一点、体面一点，面对行刑者与围观的群众，他可以畅所欲言。被取笑也好，被同情也好，被咒骂也好，被忽视也好，至少在那样的舞台上，他可以安然给出自己的生命。

直到他发现世界变动得如此快，走了一批统治者，却来了另一批。这时已经无法分辨敌人或目标，因为他们不再匿踪。他们依然是绝对的劣势，却遭到天罗地网的拘捕。他们大多数人在十几年前就坐过牢，早在那时，他们的革命希望已被浇熄。这回，全岛大屠杀，他们这群过去的共产党人，再度成为目标。这回，不再是摧毁组织与改造思想那么简单。他身边的同伴一一消失，不知道是被抹去，还是顺利逃亡。

这情势与过往不同，他们的死实在太轻了。轻，而且无比孤独。他人的死，或精确来说是消失，让他感到无比孤独。

他才突然开始惶恐，羞耻地向家人求助。于是开始那犹如影子般扁平的折叠生活。也是那时候开始，他才知道时间是具体的、甚至可触的，只是我们就像每个奢侈的呼吸者，没有察觉到空气是多大的恩赐。他把自己折叠，压平，再折叠，在夜深人静时，也几乎听不到自己的呼吸声，只有一颗心脏怎样也跳不停，吵得他时常失眠。他学会缓缓地让尿意流出，在龟头打开的小小缝隙，用尿壶接着不发出声响。他把一切动作化作最简，渐渐缩着，变成一颗蛋，等待哪天把自己孵出来。他与想象的声音对话。他感觉，自从进入这静止的逃亡时间后，已经失去言说的能力。他练习很久了，假如有一天再度深陷囹圄，要保持意志，以沉默的方式，在自己的脑袋里创造最大的自由。他将会决定绝食，同时用思考把自己喂满，然后在行刑枪队面前，彻底藐视死亡。他没想过日本会真的战败，在面对这敌人时会如此惧怕。也没想过，他在怯懦之下会躲在大姊家的阁楼里，思想跟存在一样，轻易地，在被逮到之前就自行抹去了。他的思想、信念、梦想、骨气，就像阴暗里流出的尿液，缓缓地流掉了。

他认识到，这是屈辱的形式。

那时他听到风声，原来匆匆召集的凌乱组织就地鸟兽散。他一路躲藏，像个行走的瘟疫，惊扰他认识之人。他发现，在转瞬间，熟识者皆成陌生人。他在这世间已被放逐。记忆里的家乡不是这样的。他才注意到，放眼望去，街道上，家家户户大门紧闭，连窗口都不留隙。他沿着山林的边缘走，迷途地绕行到新竹。在巷口等到深夜，小心翼翼地敲了大姊出嫁后所住的朱家大门。

大姊应门，像是早有准备。她接纳了他，一点慌乱的感觉也没有。当然可能完全不是这么回事。现实窘迫，像是被虎狼前后包围，此时救助者除了伸手，被救助者除了紧紧抓住，别无他法。也许这是一连串的灾难的开始，也许他会连累家人，也许他会被告发。他没有机会去交代细节了，譬如他所犯的罪、他的敌人可能会以怎样的方式逮住他、若是不幸被抓住了会怎样地连累到窝藏他的人。他甚至不确定大姊究竟知情多少。她怎么看待他的呢？这一切无从确认，犹如暗中走钢索，一不留神便是深渊。

他被大姊领上楼梯，塞进阁楼，来不及探问姊夫（保守的姊夫会同意收留自己吗？）。只有在微光中，回头瞥见几年前从日本读完商科的外甥探出头来，那俊秀的眼眉透露出哀戚。他想，他们应该都知道会发生什么事了。有一种知识是关于未来的。你不了解过去的始末与细节，也未必清楚现况的轮廓，可是对于即将到来的命运，却是无比清晰。犹如在屠宰厂待宰的猪只。

于是他被快速收纳在一个犹如原来就准备给他的空间。失去阳光，仍旧有个空间容纳他。不管多么卑微，有空间，便可存活。有空间，就有容纳存在的可能。他识相地像个物品，就像大姊的家里来来去去搬运的货物，收纳在阁楼的小空间中。

他感觉自己比鬼魂还轻，人的走动、行径，连根寒毛都撼动不起。事实上他人生大部分的时光都在险境，随时绷紧神经，在零点几秒间做出决断，以延长一点那卑微如欲熄烛火般的生命。他是最好的伪装者，最大的欺骗者。

他曾经与出生入死的兄弟分别被逮，在警察的殴打逼问中，仍没有吐出一句泄漏自己身份与任务的话，没留下一点会连累到组织与同志的线索。在他们几乎失去意识、全身伤口像火烧着、脸肿得只留下一眯眯缝可以模糊观看时，他们被带到彼此身边。他不知道怎样的招供可以使他与伙伴全身而退，或是命运之锤早已落下，但即使到那个时候，他仍然对着警察说："不，我不熟识伊。"或在判刑的时候，不受任何减刑的诱骗，内心毫无动摇。他的硬骨连日本人都敬畏，在法庭上，一

把自己折叠的男人

个字也不吐露。在昔日的"同志们"纷纷向殖民官宣誓效忠，放弃信仰时，只有他与党内的死对头谢阿女坚持不"转向"。

内心底，他，并无意图要继续前行。只是想留在原地。在历史的冲刷如浪中，他只想多坚持一点，于是沉默是最好的选择。

他也曾在日本的组织领导者突然过世时，立刻决断如何处理党内的纷争，毫不留情与昔日伙伴翻脸。为了让组织的路线正确只是表面理由，会反目成仇，党内相残，对立的两端不过是同样的心思：如果不裁决，将会全军覆没。所以这个匆促成章的党，必然决裂失散，感觉像是突然死了、弱了、散了。可是他暗地里总觉得这是这个党的宿命，跟这个岛一样。党的分裂不是某种衰落，或是遗憾，那更像是某种策略，为了生存、留一口气的秘密协定。

他与谢阿女之间一定要有个输赢，有个是非，不分裂，不能存活。必须选择，或必须把彼此的命下注，然后被选择。

不过当时还是迟了一步，永远地。组织的分崩离析，依旧只是分头被追捕，纷纷被歼灭。他才知道，作为一个这块小岛上的住民，没有任何真正的盟友与后盾。仅仅只能榨取自己的利用价值，在复杂奇诡的棋盘上当个随时可能被舍弃的棋子。

他后来稍微懂了，至少接受了，要给予这条命、走在这条崎岖道路的这条命任何一点希望与意义，须建立在绝对的否定上：对现状的否定，对身份的否定，对国家的否定，对个人幸福的否定，对历史的否定，对命运的否定。如果打算拥有幸福，那么是不可能走向这条路的。否定，尽可能地，走到地平线外。像是渴求被救赎般的渴求毁灭、渴求绝望。

他曾经那么坚毅过。那时的他很幸福，大家爱着他，保护着他，即便他所有的思想与作为，简直像是把自己当作一颗鸡蛋往高墙直扔。但他还是求饶了，奇怪的是他并不害怕肉身的苦刑。他有种意志，像是希望的东西。与革命情怀满溢的希望不同（如前面所述的能够否定一切，抵挡一切诱惑的至高希望），那希望仅仅是无比幽微，自私，甚至下流的欲望。那是性爱千万回后肉体再也提不起任何欲望时还悄悄流泻出的一些贪婪，那是死到临头还贪图的微小享受。于是，那逃离与躲藏的欲望以及伴随着这种怯懦、自责、羞耻感，竟给他一种无比舒服的快感。终究，这绝对的否定，被他至高的轻率行动给推翻了。他最成功推翻的，是革命本身。至此，他的确认了，连有尊严的死，都没有资格要求。

　　那一天，他突然地，在两坪大的阁楼里，天光刚亮时，看清楚周遭的，无数的小尘埃。他原本以为自己已经退无可退，是一个人苟且生存的底线了。他瞬间有一股非理智的冲动，甘愿犯下足以令一切前功尽弃并连累亲友的风险，在春天第一道风吹拂之时，推开一小缝的天窗。

　　习惯黑暗的双眼像灼伤般疼痛，泪滴顺着干裂的脸颊落下。他用手掌承接眼泪，接不下的，皆散落在地。模糊的视线，经过多日的黑暗，第一次仔细观看，并记下空间里所有"讯息"（这是长期执行任务中学会的）。他悲伤地发现，四周围着的，是薄薄的尘埃，如幼兽细毛。即使是生死一线的悲惨状态，他觉得在面对那群来抓他的人面前，仍然该保持某种气

　　　　　　　　　　　　　　　把自己折叠的男人

度。像是主人招待客人，即便来者不善，也要宣称："这里，是我的土地，尊严不容侵犯"。然而此刻，他发现，在这偷来的阳光里，所见的，尽是尘埃。尽管春光乍现之中，犹如雪。此生，也许再也没有一个印象，可以取代此。可以说，那一眼，决定了他此生最后的风景。

在这景致面前，他惆怅地想着，也许在百年后，一个再也无法逆转与松动的稳定社会、太平盛世里，任何革命的火苗全盘覆灭的时代，将会有个遥远的后代问起关于他的事。那位他无缘认识的子孙，将透过不可靠的线索，粗糙虚构起他的人生。书写者子嗣将自己的浪漫情怀投注在想象他短暂的理想与热情，胎死腹中的冒险行径，注定而仿佛无畏的前行姿态中。那位书写者可能要过许久，在文字里将他重生之后，才会惊觉，他能被写出来，是因为他的空白。他的空白，不占记忆，只是后生不愿意特别提到的名字，不存在的父亲与丈夫，在一个微不足道的组织里的人物，才是他唤起注意，值得一书之处。他亦想到，也许这是他能私自保有的"剩余价值"了。以他的缺席为条件的，属于他的剩余价值。

他想想这样甚好，人生若是一场徒劳的劳动，一切的血与汗皆是被统治阶级取走。作为曾短短走过这世间的人，一生所为与所伤，在尘埃落定的好几代之后，有人拾起他的故事，也不枉了。他找到了一个属于自己的悖论，发生在这副躯体上：他将视为无价值之物被抹去，而那痕迹是他唯一留下的线索。正因为这样，他这一世仅有的价值，才能躲过那天罗地网。他不奢求流芳百世，只求剩下那么一点，等待着将来的书写者理解。"理解"，他琢磨了很久，虽然没有纸笔，还是像是落款一般慎重，在心里面轻轻放上这两个字。

他想，在这世间，随时会熄灭的生命当中，要寻求任何理解都是不可能的。日本人不可能，国民党不可能，党内同志也不可能。同志，除了共同要面对的刑罚与死亡之外，他们从建立之初，就不拥有任何的相互理解。何况，同志是谁呢？在面对苏联共产党、日本共产党、中国共产党之时，他们小小的组织就足以分崩离析。

想到这里，他觉得自己好像有点"理解"了。他过去一直不愿多想，他与谢阿女之间为何始终水火不容的原因。现在，在尘埃的包围之中，人的生存只剩下一个自己才能知晓却无从证明的剩余价值时，他领悟到，他与谢的误解，或更多的误解，并不是彼此之间的问题。仅仅是，他们的命运，就必须一个是矛，一个是盾。谢在那个位置，他就得选择另一个。他猜想，谢，也会明白这件事。因为他们皆是诚实之人，皆是愿意奉献自身之人，才会彼此误解。如果他们都是妥协或退让之人，是投机之辈，他们大可以轻易认可对方。误解与争斗，其实无须挂怀。于是他谅解了。与谢，与党内外的同志，还有与自己。

他感到，关进这阁楼里后，一直躁动的心脏，跳到他心窝发疼的心脏，终于缓了下来。这颗心还在。"歹势"，他心中想着："我这么晚才知。"

他的心缓缓下滑，滑到一个准备好可以陷入回忆的状态。

他刚刚想过，若面前真的出现一个子孙，对他诚心发问。在那双询问的眼睛之前，他能说些什么？他几乎没有记忆，只有混乱的印象，每个经历过的，都在一种巨大的恐惧与愤怒情绪中击碎。

想不起来。

譬如，他想不起来革命热情时期的女友面孔。十五六年前，当时党的组织即将被一网打尽的前夕，他与娥即将双双被日本警察捉捕入狱，两人竟无视危险，在基隆的破屋间相拥，性器火烧般，肉体一次次地撞击，溺在彼此的体液里。然而，在他此刻的回忆里，她的脸是模糊的，与她所生的儿子也是。甚至他那么多流离的日子以来，唯一令他感到安心的妻子，在此刻细小尘埃皆能清楚观看其形状与飘动的状态，却记不得一点点她面孔的细节。他记得他爱怜着妻子的发鬓细毛，爱她饱满的耳垂，她深邃晶亮的双眼，小姐才有的白馒头似的脸颊皮肤，可是脑海中一点画面也没有。他们的四个女儿，有着与她一模一样的面孔。可是他回答不出这些繁衍的生命与他之间究竟有什么联系。就如同她们必然也会疑惑，所谓父亲，除了是个令人在意的缺席角色，还能是什么？

"原来予人袂记*是这款感觉。"他每每想到这里就难过，夜拉得更长，如炼狱。

记忆回归，令他顿悟了所谓的忆起，并不是记起或想起。而是某个瞬间赐予你的时刻，将某些你以为失去的东西原原本本还给你。这"原原本本"，比你任何试图记下的所有细节，还要更多。

---

* 袂记，闽南语，大意为忘记。——编者注

正当他胸中积满情绪，缓缓迎接记忆的眷顾时，原先疏离的外在世界传来一阵嘈杂。他才惊觉自己与威胁着他性命的世界只有一门之隔。

脚步声与嘶吼声从楼下传来，不到一刻钟的时间，逼近了门前，木门被一脚踹开，像是爆破。

他无法反应，而且还可笑地沉浸在回忆的朦胧感里。

那群人穿着军装，手上握着步枪，脸上的表情像钢铁铸出来的。像他小时候害怕的大仙尪仔，握着法器来逮他。他爱人们的脸，他曾拥有的稀少却珍贵的岁月，澎湃过的理想，还在他脑海里翻转，失控地转。疏离地看着眼前预想的恐怖终于来临却感受不到恐怖，像看着事不关己的灾难。同时，理智告诉他，这是最后的景象了。

枪响。拖走的尸体与血迹。黑名单上已被处决的名字。

这些都没发生。

他不会知道，这件事后来在亲族间以极为隐晦的方式流传着，所谓"屎沟巷的奇迹"。

他所记得住的，是三位拿着步枪走进的宪兵。在阁楼弯着腰，像豺狼狩猎般的姿态，小心翼翼地踏进。

老旧的木条在他们的脚下发生惨叫似的声响。他听不太懂他们之间的低语，依稀猜测，他们在说，这个地方不可能藏得了任何人。他感觉自己不存在。但事实也是。在木门爆裂开的同时，他下意识地闭气。没来由地他相信，只要他不呼吸，就不会被发现，即使这空间的构造，一开门就会看到他这个男人坐卧在窗边，无所遁形。

他们这类的人思想进步，受过教育，识字有理想，他们反对宗教的毒害。可是在信念上，行为模式上，其实相当的迷信。矛盾在于，正因为他们以命相赌，他们私密的信仰，有效或无效，就只能以生死定夺。所以只要还活着，他们便不排除这些小小的迷信。而即使失败了，其实也无埋怨的余地，反正没有更坏了。迷信成为他们莫大的安慰。

他暂停了呼吸，脖子涨粗，眼球暴涨，身体僵直。看着他们进来搜索。一切变得像在水中进行般缓慢。宪兵们三人一伍搜索，在这窄仄空间蹭着。

"大仙尪仔来捉我了"，他缺乏情绪与实感地想。他就快死了。他感到自己将成为世间第一位不靠任何工具与外力窒息致死之人。这给予一种快感，像是性的愉悦。他在这群刽子手面前勃起，据说吊死者不但会勃起，还会疯狂无尽地射精。他想知道哪一端会撑得久一些，是他的窒息，还是他们的发现？终究一死，这是他最后的赌注。

他们踏前半步，困惑着。三个人当中像是队长的那位令后面两位止步。其余两位退到门外，奇怪地背对房间守着。他不呼吸不眨眼，看着军官二度前进，比先前更果敢。他剩最后一口气，尽管，这口气仿佛比他预期长了些。军官踏入一步，两步，到了第三步时，已经在他面前。军官面孔清秀，看上去不到三十岁。也许更年轻些，可是眼里尽是虚无。天光被乌云遮住，但他在军官的眼眸里看见的黑，比黑夜更黑。

事到如今他不怕了。他直勾勾地盯着猎犬，猎犬也看着他，脸上浮现的，是他未曾见过的奇诡的微笑。那微笑像是愤怒才该有的表情。在他以为他们之间的距离再也不可能靠近之时，军官却再踏近一步。他什么都看不到了。他以为被布袋遮了口鼻。迟了几秒才发现，他的脸正贴着军官的裤裆。

"伊的膦屌哪会按呢软？"

军官的裤裆处，比他触摸过的任何女体还要软嫩。他一瞬间怀疑军官是个阉人，可是裤裆里那袋器官又如此怪异地像在否定他的怀疑。仿佛逼着他正视，一个男人裤裆里的东西，可以如此软，软到足以吞噬一切。毫无余地。他的脸完全陷进去，感觉一点缝隙也没有。缺氧的他依然勃起，濒临喷发。他就快死了。窒息。他在柔软之中，感到湿润，他发现那不是他的汗水或泪水，而是来自于军官裤裆渗出来的汁液。他失败了。军官柔软的裤裆，不仅像软体动物迎面而来吸附着他，靠近，再靠近，形体融解，化为液态、汽态。他平生抵抗与逃脱无数次，未曾见过如此难缠的对手，如此无形又具有侵入性。无视于他的拒绝意志，他在军官裤裆间感觉到的不知名的渗出的液体，其气味钻进他不愿呼吸的鼻腔。不无讽刺，这一口气，恰恰拯救他的生命。在他即将断了气之时。那气味像精液混着尿液，既腥臭又酸腐刺鼻，在最初令人恶心欲吐的气味后，也渐渐漫出了血的铁锈味、淤积的水沟味、大雨滂沱野地里雨水混合泥土与青草之味、捞起翻白肚死鱼时黏在身上的难以去除之味、私娼寮里幼女模样的雏妓饱经摧残的阴部之味，以及他所想象的，自己成为一具无名尸体与更多冤死尸体叠放而无人敢下葬时一旦闻之、便像在强光照射而目盲般、足以毁

　　　　　　　　　把自己折叠的男人

去嗅觉的、世间最恶臭的味道。这是将他从断气边缘拯救回来的一口气，不问他的意愿灌进他鼻腔直至肺泡。可耻在于，他理应跳起身来决一死战。因为他发过誓，可以为了革命接受任何折辱，却无论如何不该接受敌人一丝恩惠。

电光石火的瞬间，他有点懂得敌人的本质了。早已不在他掌握之内的思考回路，此刻只有一个念头："活下去"。

他看着眼前的光亮恢复，吸附在脸上的军裤布料离开。他还有点晕眩，有点忘了正常呼吸是什么滋味。他还没能意会到自己的情况，极大的疲惫感便袭来。分不清楚是梦还是幻想，他努力记下失去意识前的最后一眼景象。

他不知道睡了多久。他没有做梦。依稀听到哭声。醒来的时候，他睡在床上。他离开那间阁楼了。他很久没有平躺了，以至于一种不习惯的酸痛钻进了肌肉里。

他在大姊的房间。房间只有大姊。他的现实感还没接上，心中满是疑问。

大姊看着他，没有回答他最想知道的答案，而是缓缓地说："信仔，添新过身了。"

他笑了，只笑了一声，便用手掌捂着脸。对于姊夫之死的后知后觉，与大姊的用词感到无比荒谬。面对他的笑，大姊没有生气也没有难过。或许在这样的状况下，任何的表情或言语，都是不合时宜的，以至于这没来由地笑僭越不了任何秩序。他想自己可能疯了，其他人也认为他疯了。

那天夜里，他闯进大姊的家寻求庇护时，姐夫才刚阖上眼，咽下最后一口气。家族在守灵，他则缩在阁楼角落像个影子。他当时沉溺在死亡的念头里，没有了解到，这屋子里，有另一个男人刚离开。他多希望是自己克死了姊夫，这样他就可以安然被怨恨。只是不知道怎么搞的，连如此不得体的笑，都被大姊原谅了。

然后他哭泣了，童年结束后第一次放声大哭。

"不要紧，咱是丧家。"大姊说。

无比怪异又温柔地，他听着她款款诉说，这阵子是如何靠着丧事掩人耳目。在军官闯上阁楼几乎功亏一篑时，全家多么绝望。但是他们上去，下来，离去。没有枪声，没有逮捕与殴打，就这样干干净净地离去，像是一阵穿堂的风。整件事除了奇迹，没有其他可以解释了。

他恍惚地听着，脱口而出："我看到我的名，从黑名单上抹去了。"大姊说她没听懂，而他坚持不再说话。

过去，他一直想着要救助人。他必须救某个未必最值得拯救，却非得由他拯救之人。他为此等待，漫长的逃亡与囹圄时光里，熬过一次次欲放弃求生意愿的关头。他心想，总有一个人在那里等着他。现在他找到了，亦太迟了。他成了他过去最想拯救的，在这世上一无所有的被奴役的人。这名需要被拯救之人，名单上的名字已经被抹去了。他只得甘愿接受，接下来的余生，必须成为此失踪之人。

大姊依然抚慰着他，直到他比这安静的夜还要更静，睡着了。

把自己折叠的男人

他没有搭上那条船

他们都说三舅躲进那条船，顺利出逃了。不仅逃离被捕的命运，也缓解了家族的威胁，尽管往后漫长的监视在所难免，至少牵连到此为止了。

阿宽却亲眼见到，三舅并没有搭上那条船。

他不知道怎么说这件事，或跟谁说这件事。而且奇怪地，觉得好像是自己犯了什么过错，却无从辩解。阿宽低头走在码头上，心事重重。他感觉有人在看他。他抖瑟着身子，绕着大大的一圈，佯装散步，以眼角余光搜寻。不幸，他这读书人并不怀有任何绝处逢生的技巧，连自己都觉得演技拙劣。再这样下去，只会弄巧成拙。之所以还在这逗留，他有难以言喻的理由。不幸在于，在没有任何证明的情况下，他感觉自己也被盯上了，必须学会那一整套躲藏、伪装、甩脱，必须要嗅出危机与敌意，必须机灵。他知道，有无奏效，证明是不可能的。因为一旦证明了，就是全盘覆灭之时。何况，已经好多人从他的生命风景中消失了。

在这种时候，三舅的身影特别清晰。人们总说，三舅看起来非常聪明。三舅则说阿宽最像自己。

关于三舅过去是如何在天罗地网中，总是能在千钧一发之际，逮住机会甩脱所有跟踪的眼线、埋伏的便衣警察与宪兵，这些传奇，他听过好多遍了。直到这一回，他感觉到三舅真的走投无路了。

那一夜，他与兄弟们守在父亲床边，外头突然有人敲门。他看到阿母走出房门。他坐着，耳朵听得清楚。那是他第一次觉醒这种能力，也是唯一的一次。那是三舅常说的那种"仿佛知影啥物"的感觉。

　　他不疾不徐起身，没有惊扰任何人，跟着阿母的脚步走出门。黑暗里一切形影模糊，可是他看得到。他在走廊上，看到阿母与三舅轻声走上阁楼。本来就矮小的三舅，弯着腰在昏暗的木阶上看起来更加瘦小，像把自己折叠起来，钻进了黑暗。在完全没入暗影之前，他与三舅对视了一眼。他明白发生什么事了。也是，在自身都感到威胁的状况下，三舅必然更为险峻。回到房间，听到姊姊们的啜泣声，父亲过身了。

　　他呆立着。

　　母亲从他身后穿过，正跪在尸身一侧，低眉念佛。

　　他明了这场最终的逃亡已经开始了。这次不再是独角戏，他与母亲已经在戏台上。不可告人，包括彼此。每个决定与行动可以千百次策划与想象，但就是不能拿出来讨论，亦不允写下，只能在脑海里演练。阿宽沉默地帮着母亲打理丧葬事宜。过往由于他是家里唯一会念书的，家务事甚少要他动手。这回他倒安静配合，利索地处理一件件烦琐之事。时局一下恶化，各处冲突与镇压。消息很多，人心惶惶，却没有任何可信的来源足以掌握整体状况。家家户户紧闭门窗。风声鹤唳。

　　那时候没有人相信三舅能逃出去。每个路口都有便衣盯梢，每天都听到谁被秘密捉走，而那些人都不会回来了。他那阵子不太敢直视阿母的眼，她总是低眉不语，亲戚们亦不敢多问。看似给新寡清净，实则他们担忧的是躲在阁楼的男人会带来怎样的灾祸。

恐惧是这样子的：没有人敢说，没有人敢打听，可是所有人都知道是怎么回事。那时的气氛他回想起来仍然作呕，即便他们情有可原。他们彼此猜忌，担忧告密者。阿宽装作充耳不闻那些私下流转的话语，对一切无动于衷。他渐渐明白这样的心境：越是能够退到内心深处，就仿佛操作傀儡般的生活，像躲在戏台下让替身活了起来，冷眼观看着群众的一举一动。

然而三舅还是成功了，也就是日后所谓的"屎沟巷的奇迹"。

那一天，天刚亮，宪兵闯入，跨过灵堂，拨开堆叠的农具，斗笠、农耙、米桶，摸着阶梯往上走时，众人皆觉得大势已去，等待命运宣判。窝藏罪犯的罪名可不小，众人心中立即浮现抄家灭族的情景。恐惧与恨意蔓延，视线集中在他母亲身上。他们想，这个寡言的矮小妇人，竟然不经众人协议藏匿这个棘手之人，让全部的人陷入危险之中。

他的母亲在那晚刚成为寡妇。这新的身份，使得这沉默的女人得以先发制人，任何可能的责难无法加诸其身。她仿佛比所有人都更清楚于这角色的特殊性。她撑住了所有门外的压力，窝藏这位逃犯弟弟，这位前共产党员，事件所要肃清的黑名单。

在风暴之中，她仍旧低眉，对已经发生的，与即将发生的毫无所动，仿若未闻。

宪兵闯进她家门的那天，她在灵堂看了一眼，接着继续低头念经。宪兵径自搜索，所有人屏息以待。五分钟后，宪兵离开。平安显得更不可思议。消息立刻传了出去，原先谨慎的街坊邻居，仿佛忘了危机尚未解除，纷纷前来关切，犹如喜事。他们的热心，让阿宽觉得嫌恶，像是被人幸灾乐祸。

他丝毫没有放松。他心想，自己会不会是下一个被宪兵抓捕的人呢？作为家族唯一的读书人，到日本读书，会说英文，接触危险的思想……母亲也许比他早一步料想，趁这势头，下了指令，一切像是计算过的。他不无讶异，一时间忘了亲子血缘，站在外人的角度看着母亲：她的大胆与心细，决断与魄力，完全不亚于她那些做"大事业"的弟弟们。

他一阵抖瑟，像春日中开苞的花朵，经逢生命中第一波的冷风。他无比清楚，他并没有躲过。"事件"也在他身上发生了，在某种意义上。就好比，那两颗原子弹并不是落在他的家乡，也不是落在台湾本土，然而他生命中有许多重要的物事，也卷进核爆里，在高耸的云中烟灭。而且，他记不起自己失去什么了。他从今以后自己也是在事件中的人了。

也许是"屎沟巷的奇迹"太令人兴奋了，众人在一阵热昏头之中，事情快速推动起来。人们需要英雄，需要偶像。他相信，当时的状况，即使三舅要号召一群人随他起义抵抗，也马上会有一群人追随。母亲这时展现了她的决绝。

"要赶紧走"，她说。

她迅速筹措金钱，安排三舅信仔的跑路计划。她疏通管道，准备了三艘船。她打算在丈夫出殡那天掩人耳目，让信仔借机逃出家门，到港口搭船逃往香港。那三艘船同一天在港口出发，其中一艘将载着信仔阿舅。包括阿宽都不知道，三舅要上的是哪一艘船。

说来讽刺，为了理想与革命的无神论者三舅，却是因为展现了奇迹，这么多年来的孤独时光里，第一次被这么多人关注。这场逃亡是他最后的表演。母亲与三舅必然知道，经过了这回，三舅若还待在这，立刻会从圣人转变成罪人，就像三舅是如何一夕之间再度成为英雄。所以，三舅的死里逃生，只是给他一个舞台，在众人的注目下，再次殉道。成了传说，却无法流传。

信仔舅舅满足了大家，一场不为人知的高潮落幕后，众人解散。

只有阿宽知道不是这么回事。

信仔阿舅，从众人为他准备好的那条逃逸路线，再度逃逸。换句话说，信仔从逃亡路线逃开，同时甩开追捕他的人与帮助他脱逃的人。所以即便那群知情者有任何人背叛，透露出的讯息，也无法追溯。

只有他孤独地知晓。

像是只对他一人诉说，所谓的逃是怎么回事。而这是他必须学会的事。

他一面行走在码头，一面在脑海中辩证逃与失踪的差异。

逃，是在追捕者与被追捕者间维持的不确定的状态中留下痕迹。一般人有路可走，逃跑者则前方无路，任何既成的路皆是陷阱。对逃亡者来说，路是留在后方的，由痕迹所构成，好令追捕者跟上。有人逃就要有人追，只要有一方放弃这目标，游戏便终止，反之亦然。完美逃跑者，必须让追捕成为无限延长的希望，必须勾起人追捕的欲望，留下痕迹与线索。对追捕者而言，追着线索，辨认痕迹，比捉到目标本身还迷人。

三舅跟他说过，做人要留一线，对敌人也是。那一线，其实也是给自己的一条活路。每当三舅甩掉追捕者，明明借此狂奔下去，对方就会完全追不上。可是他会在这种时候选择逗留，甚至有点焦虑，怕就此他们跟不上了。或是躲藏得太安逸时，他便会过一阵子放出点风声，让追捕者再度启动。就像追捕者有时也会网开一面，让逃亡者尚有活路可走。毕竟，如果被捕，游戏仍然不会终结。三舅说过，他入狱那几年，默默在无人知晓的情况下逃狱过几次去见妻女，天亮又返回而无人知晓，那痛快滋味难以言喻（关于这点，阿宽半信半疑）。

然而失踪不是。失踪，在表面上好像一片汪洋，而你是一只小船，茫茫大海中失去了踪迹。然而这无限大等于无限小，在追捕者的意识里，没有失踪者的位置。没有人会认真去寻找失踪人口。失踪没有痕迹。失踪意味着，一切存在的痕迹消失或遭抹除。无法碰触。

三舅曾对他说，在这不断逃离的一生，对爱人与亲人的愧疚，使得他无论如何也不愿选择远走高飞。信仔阿舅总是一再以身犯险，对于他来说，这也是一种生于忧患死于安乐的信奉。活在界线上面，只有碰触那禁止碰触的线时，信仔才觉得快活。每当日子安逸，他就会怀疑。可是再怎么逃，他总是在妻女附近，秘密留下暗号。就连阿宽，在日本读书的日子，仍然不时会收到三舅不知从哪捎来的信。信仔阿舅像是将留下痕迹，作为他生存的证据。他害怕失踪。因为失踪，会让他所爱之人不再思念，进而遗忘。失踪即遗忘，连同记忆不留痕迹。

三舅应该明了，国民党人前来，并不是要捕捉他，而是抹杀他。他在黑名单上，犹如生死簿上必须处理之人。面对这样的敌人，他必须接受成为失踪者，或是死亡。结局都是不留痕迹，让这类想在历史留名的人，彻底被遗忘。

有点尴尬的是，当所有人松了一口气，三舅跳下船的身影，却是他独自见证，且难以确认。

在他意识里刻了一道浅浅的痕迹，像是还未认输似的。三舅的故事仿佛还没结束。他感到纠缠，犹如卡在喉咙的一根细鱼刺。

这下成了三舅的共犯了，他想。

他继续走。装作任务还没结束。海风刮着他昨日才剃过的鬓角青灰皮肤处，耳后颈到肩膀起了一大片鸡皮疙瘩。春天迟迟未到。天总是灰的，新竹的风恼煞人。海水的咸味有点腥，他甚至想，这阵子会不会有些尸体沉下了海底还未浮上来，以至于今日的海味如此难闻。

他穿着一身黑，仍戴着孝。恍惚在这，他不大清楚是为谁服丧。父亲的死也好，三舅的"失踪"也罢，他对谁都没有哀戚之感。却又想，服丧的状态，是他此刻唯一想与这世界保持的关系。对外界，对内心，他都只想毫无哀戚的维持服丧。他对每个致哀之人感到抱歉，他们越是想说什么，想安慰什么，他

　　　　　　　　他没有搭上那条船

就会悄悄下沉，直到就这么埋葬自己。

　　阿宽也逃亡过，尽管全然没有任何理想与策略，也是并非儿戏的。回忆起来，都还感觉得到，死亡只在他身后一步的距离，伸手就会触到他的肩膀那般的近。

　　第一次，是太平洋战争的末期。他刚结束同志社大学商科学业。过去曾犹豫要在日本谋出路还是回家乡，但这时候已经无法考虑：若不离开，可能再也走不开了。他没想过，归台的风光时刻，竟是以逃难般的状态告终。

　　他与同乡的朋友用尽一切的办法买到了船票。他走时匆忙，来不及告别他眷恋的京都。

　　不知道出于何种理由，临行前，同乡挚友将一包藏青色包袱交给他保管。他不需思量，也不需言语，亦款了自己的包袱，交给了挚友。他们搭着前后的船离开，挚友的那艘船，却被美军击沉了。阿宽交给挚友的包袱里，放着他这三年在日本的日记、珍贵的藏书，以及他写给房东女儿却从未寄出的情书，一并随着那艘船沉了。

　　他曾梦想当作家，当一个知识分子，用笔，用思想去改变台湾。他在日本读书期间，被学长与老师羞辱过，这些他都忍下来，也从未对家人倾诉。他梦想有天出人头地，光宗耀祖。作为家族唯一的读书人，对自己的期待，使得他能够忍耐。他便也成为家族里唯一能理解三舅理想之人。思想危险却迷人，他一面读着写着，又一面对未来担忧，偶尔兴奋不已。更多的时候是对世界充满了不平。不管怎样，这段岁月的光荣和耻辱，全部跟着那艘他没搭上的船沉了。他回到港口时，挚友的父母也在等待之列，他将包袱交给了他们，是为遗物。在他心中，挚友交给他的包袱，从未卸下。

第二次的逃亡紧接而来。一回台的他立即被征召入伍，匆匆塞了一套军服、军靴、步枪、刺刀与军粮，就随着部队到了江头。读过书的他被指派当伍长，实际上他什么都不懂。关于生存，他承认自己一无所知。那倒无妨，当时的战局已经如同摊在眼前的命运。美军的逼近，日军的败退，作为大日本帝国的一员，既然要死，也至少死在家乡。玉碎。樱花散落。如果为日本而捐躯，他便是以日本人的一员而死，荣耀地。他对于这些意象毫无感觉。他觉得羞耻，作为一个缺乏爱国心的懦夫，即使他心中其实是厌恶着日本人的，对于大灾祸来临前怀着卑鄙心情，依然感到不快。

没过几天他就想逃了。不是三舅那样英雄式的逃，而是懦夫般地逃，像只老鼠。他知道这一逃，便是背对了过去一路以来对自己的期许了。

他从来没有喜欢过，亦无认同过武士道。然而对于这样的自己，仍然觉得羞耻。满身的泥土，手掌起水泡、破皮，每天跑步喘不过气直到呕吐，起床酸痛得连手都抬不起来。长官的辱骂与殴打，当然，还有台籍兵永远的次等意识（他又比身边的人来得更敏感）。

然后，广播传来日本天皇宣告战败的消息。

明知迟早会败，可是听到时还是觉得难以置信。日本军官面无表情，可是他立刻就知道，他们的惊慌与彷徨并未比他少。

"现在要怎么办？"他的问句卡在脑海里，一直在那，可是毫无头绪，连选项都没有。他没有任何的心思观察接下来的发展，在下一次的集合前，已经钻入营区旁的杂草堆，缓缓地爬离。

他成为逃兵。像在赌场里，还没想清楚，就急忙把唯一的筹码丢下去。他只能拼命逃。对于台北的地理，他只有模糊的概念。他一路往南，忍着饥渴，恐惧已经不算什么了。他迷迷糊糊看到一间土地公庙，认出在三舅家附近。他就地跪下，朝着土地公拜，就此放下身为读书人所有的尊严，只乞求这次的逃脱是顺利且正确的。多年以后，他仍记得膝盖跪在地板时的坚硬感与粗糙感。

逃离确实是前方没有路线的啊，他想。因为一旦思考了，脚就不动了。他无法解释为什么要成为逃兵。不论战败是否为事实，盟国将如何处置，实在无法作为逃兵的理由。他第一次懂得，逃亡是一种选择，不是旅行从起点到终点——逃亡一旦开始，每个落脚处，都成为起点，也是要逃离的终点。是以，逃亡终结时，只有在你的此处彻底成为终点而不再可能是起点之时。所以，逃亡也是无从选择。反正从此后，不论有没有被逮住，他都是逃兵了。

他不知道怎么走到三舅家的，抵达时已经天黑。那晚他与信仔阿舅整夜对酌，直到天明。

确实，日本败了，战争结束了，日本人走了。可是，国民党也来了。这回，即使连三舅也难逃。

然后，命运并没有放过他。

这回的逃亡，他扮演助手的角色，像是魔术师身旁不起眼却想尽办法混淆观众注意的同谋，在观众眼前制造出一瞬脱逃的空隙。

他们是这样逃到港口的。他们走在清晨的送葬队伍中，没有伪装，与人群无异。走出巷子时，他们一前一后钻进后巷。他们不慌，不忙，一脸哀戚地走。脸上不动声色，脚步偷着距离。他们不同行也不远离。一个拐左，一个拐右，绝不选同个方向，也绝不彻底远离。走前几步，几个转角处，都会再看到彼此身影。两位掉队者融入迷宫，没有讨论路线，没有讨论任何方案与应变，回到小男孩的街角巷弄游戏。他专注地观察，有无隐藏的视线，是否前方有可能会被包抄的死巷。他没有三舅的丰富经验，三舅却没有像他对风城的巷弄如此熟悉。在生死交关中，阿宽专注走着，渐渐把一切交给身体直觉。阿宽运动神经不佳，缺乏三舅矫健的身手，可是这一回，他觉得自己未必会输，而且不能输。无法讨论的状况下，他深信着，整个逃脱成功的关键之一在于自己。他要尽力钻在打结的肠道般的巷弄，一面有效率地前往接应地点。只要他能尽全力跑，三舅就能不被抓到。

阿宽那一刻也将性命交给三舅。三舅的名字有个"信"字，终究是该相信的。

屎沟巷分别后，他们在城隍庙的后侧短暂相会，然后再度解散。像是聚积了能量，相互撞击，好让彼此弹向更远之处。他们没有太多的事前沟通，这才是他们如此有默契的原因。他

　　　　　　　　他没有搭上那条船

们的逃跑方式，如同为了远离彼此。阿宽总期待，这个远离，是为了相遇。在此之前，他必须将信仔阿舅送得越远越好，直到他也不知道的远方。

于是，在城隍庙口的会合，也许是他最后一次能好好看信仔阿舅的时候了。

他们之间距离七八步。阿舅不起眼的打扮，在他眼里还是独一无二的身影。信仔阿舅的眼神不如过往的犀利，仿佛经过了磨难，对于大难临头，还能够保持浅浅微笑的从容。阿舅年龄刚过四十，面孔依旧俊美，只是个头看起来更小了。

他们眼神交会。他仿佛接收到鼓励，转身继续走。

信仔阿舅常说，他是个与城隍爷打交道之人。阿宽心里明白，这回信仔阿舅一定也在心里与城隍爷沟通了。他在心中也匆匆祈愿。常言城隍庙所在是鲤鱼穴口，而整个竹堑都在这巨大的鲤鱼身躯里。他跑着跑着突然回想到，曾读过的《圣经》里，有个人被大鱼吃掉，又从大鱼肚子里逃脱出来的故事。他想象，现在他们也像钻进大鱼肚子里，在它的胃，它的肠里奔跑。尽管外面天罗地网，大鱼自身在劫难逃，但他相信这条大鱼会保护好他们的。他计算好官道的方向，迂回地沿着轻便车轨道通往港口。他想象自己是一根针，足迹是线，左拐右拐，又进又出，像是缝着衣服，绕着绕着，终会朝着笔直的方向前进。并且终会以这样的方式，将伤口缝合。

他体会着三舅的逃，每次的逃都是在缝合这块土地上的累累伤痕，尽管会留下疤痕，也至少抚平伤口。他这时领悟，为何岛上的有识之人都是逃亡者，身后的足迹总是微小期望。他们这些读书人既是伤口本身，也是治疗本身。他们终会在伤口好了之后消失，留下疤痕。他们不一定介意被记住，因为，若能痊愈，没有伤疤是值得庆幸的事。如果真要说，留下一点点不引人注目，却让需要记忆的人们辨别的小小伤疤就好。那样就好。

走啊走，走啊走，阿宽钻进第一个废弃的防空碉堡里，没有看见阿舅的身影。下一个也没有。走到第五个碉堡时，他有些惊慌。阿宽的恐惧，从脚心一路钻到背脊，腰间无力。犹如有股巨大的力量撞击腰椎，他即将被拦腰折断。他已经跑得很累了。这一路下来，他已经忘了被追捕的并不是自己，当作本身的危机死命地逃。

提一口气，没有退缩，他再度向前。他沿着轨道一旁跑，像是要赶上即将出航的船。他没意识到，在这状态里，他已经与三舅是在同一条船上了。

他一面哭，泪水往两颊飞。新竹的风真的太大了。在日本读书时，每当思念家乡，都会到舞鹤港看海吹海风。可是这从来都不一样，哪里的海都不是新竹的海。他心绪驰骋，似乎多年来，关于学问与家国，个人与社会，种种荣辱，始终没有解答而在时代中成为一种文人的抑郁，在这尽情地奔跑中，就地解散了。

剩下的，只有不能停下的脚步，走啊走啊。他没参与父亲的送葬，却是家族唯一一人，以秘密的方式为三舅送行。

他到了港口。彼时的港已然没落，曾经的风光与繁荣已是上个世代的事。就连他自己，也对于这个牵动过新竹，甚至整

他没有搭上那条船

个北台湾命脉的港口非常陌生。他与祖先看过的风景，不过是人一生长短的跨度，却也如此断裂。他忘了自己该做什么，实际上也没有人告诉他。

旧时繁华的商港已退守为寂寥的渔港，一艘中等大小的货船正要离开。

他听到的版本，应该已安排好三艘船同时出发，信仔阿舅将视情况躲在其中一条船里逃走。没有人确定他搭上了哪艘船。可是他一定成功逃走了，逃到香港或厦门去了。

他继续在海边走着。怎样也无法看清楚，那宛如梦境般的回忆：他看见三舅在起航前，矮小的身影穿过甲板，轻轻一跃跳下船，身躯被船身遮住了。

他心脏仿佛跳出来，不清楚发生了什么事。

船驶远，荒凉的旧港只有三两渔民，没有熟悉的身影。

应该走了，刚刚是看错了。他说服自己几次，依然觉得不可信。眼泪打转，像是自己离开故土时的难过，又像是错过了原来自己该搭的船，被永远遗弃在这土地上。从此他是孤儿了。

他继续走，继续想，执拗地对待脑袋里所有的疑问，实际上都没有解答。

往后，若有人问起信仔，他只能表示失踪了。亲族也全部表示不知情。只有阿宽知道，或许信仔也没搭上那艘船，没依照安排好的路线逃亡，所以时日一久，也确实是"失踪"了。

他绕了更远的一段路途回到了家。家里，他的几位伯伯严厉地看着他。他原以为是掩护出逃的过程有纰漏，或是信仔舅舅真的没有搭上那艘船。但他们的指责却是完全指向他的。他们质疑，为什么他隐瞒自己在新竹中学里与外省教师发生冲突，也深陷于危险之中？为什么不告知他们，也许自己也在那个名单上？又为何在这危险之中，还自愿承担这风险最大的工作？他瞥了厅堂一眼，知道母亲已经闭锁于自己的房门之中。他便也不置一词，甩下错愕的众人，一个人爬上阁楼，把自己塞了进去。

从那天之后，家族就蒙上一层阴影。事情并不会真正过去，失踪者没有被找到，久了，也无人提起。阿宽再也没回去新竹中学教书。因为求职四处被拒，他决定与新婚不久的妻子举家搬到了台北县，最终在台北刚成立的商业专科找到了一份英文教师的教职。

母亲则成为彻底的影子，成日待在房间里，让人送饭进去。她用另一种方式实践了失踪，折叠了自己，成为遗忘。他觉得母亲与自己，在某个时刻里，某个部位受了同样的伤之后，便再也好不起来。

他再也没逃了。不是不想逃，而是真的，没有逃的能力了。他还是时常被跟踪，直到巷尾，有时跟到门口。他没有问为何被跟踪，也不想知道，虽然也没想到这种平衡竟持续了几十年。

时光并没有放过他，他的戒备越来越深，甚至连孩子都不解，为何父亲如此生性多疑。他没有辩解，这多疑，并非天性。但也无所谓了。他有时怀念那天逃跑的回忆。他以余生证明，逃跑，正代表自由，一旦老了，就跑不动了。因此三舅在他的记忆里，永远年轻。被留下来的他，只剩躲藏，而这躲藏，在子女眼中毫无必要。他没让孩子们知道，会以为父亲的躲藏与提防毫无意义，是留在这土地上手无寸铁的他，百无一用是书生的他，尽最大努力给予子女的安全躲藏。直到记忆消失，安全留在遗忘里，等待天光，他才能放心，即使他已经看不到了。

子女们依然觉得他难以亲近，严肃甚至功利保守。关于此，他一辈子无法辩驳，不管这是选择，或无从选择。

某一天睡前，他走出书房，发现孩子们还没睡，正在玩闹。原本想发脾气，却看见因为他的多疑而每晚在进门处以椅子一张一张并排叠挡而成的长龙，子女们正不分大小排排而坐对着门前，玩着想象的游戏。老大一声令下："船出港啰！"孩子们兴奋地低语看着想象中的海，摇着小脑袋踏浪前进。他走回书房，轻轻带上门。心中漾起温柔，心想，等到孩子大了，有一天，他们将可以真正地搭着船载着梦出港，正如他年轻时的豪情壮志。而到时，不管海的这边跟那边，都会是自由的。

届时，也许他依然不会搭到那艘船。那也罢了，反正就这样活下来，连悔恨也没了。

寡
妇

后来，在大家的回忆中，她是非常"お洒落(利索)"的女人。

她与她四个女儿，尽管不是什么富贵人家，地方上也没有人敢轻贱她们。稍微知情者，在稍微轻松、安心的私密场合，忍不住想提起她的秘密，却又不敢再说下去。像是关于她的所有一切，如此摊开、光明，让人有点困惑，想要打听什么耳语，或是妄自猜测者，皆在某种奇特的心思下自制。未必是恐惧，大抵上比较像是不安。知道了太多，恐怕也没有好处，甚至危险。像是某种自我保护本能阻止人们向她打探。

简单来说，她的样子，太不像是个遗孀了。实际上，也没有多少人知道她丈夫是生是死，然而她就如此理直气壮的，不像寡妇地活着。

这太奇怪了。如果你有认识一两个像她那样遭遇的人，你多半会看到一个颜色被彻底抽掉的灵魂，眼睛最中央的瞳仁染上难以察觉的灰，稍稍地放大，像是死尸缓慢地变化。你也许会说，未必是这样的，也有一些较勇敢、较硬颈，不但能生存，还能漫长的熬、长久的斗，缠斗到黑夜过去。可是即使是那些斗士般的身影，你总会在难以察觉的瞬间，看到他们身上永恒的伤。时光流逝，清洗痛苦，清洗屈辱，来不及哀悼便下葬的各种记忆。却是那躲过一劫的看不见的伤口，待在那些幸存者身上，现形时仍然会皮开肉绽。那也许无关紧要。尽管好不了，但并非致命伤。也许这个伤令人感到不适、折磨，也许它会啮食生命令人少活几年，那也无所谓了。煎熬在所难免，快不快乐已不再考虑，他们所追求的，到了最后，所有的仇恨、懊悔、愤怒或羞辱已经化为一颗细小而坚硬的核，撑着挺着只是为了与时间本身对抗。看到了最后，还能是什么？他们像是开始褪色的照片、漆开始剥落的墙、花瓶里开始发臭的水、瘫在雨后烂泥的花瓣、开始淤积的港、众人皆遗弃远走的村庄。令人安慰的是，除了时间外没有其他的敌人；令人悲伤的是，这场仗始终会输的，而且已是输了第二回，因为早在进入这样的状态前，在进入对抗起漫长的恐怖时代前，他们就是失败者了。

那个女人不见得是唯一的。不过至少在她所生活的圈子，她予人的印象，都与承担相同命运者有所区别。偶尔，还有些人不谅解她。更奇怪的是，那些敌意，又在她身上特别容易被化解。

忘了是谁说过，试探她，像是照镜子。无论你从哪个方面，用什么方式，带着怎样的意图，光明磊落的或卑鄙可耻的心态，面对那女人，她总是会回应的。预期着某种冲突，某种尴尬，像是大晴天里转瞬间席卷天地的骤雨，或是一种无望的抵抗，拼死命守住的最后一线尊严，在她身上都看不到。不管什么时候遇到她，甚至打扰她，她总会招待你。有时在街上遇着了，寒暄两句，她往往能顺手从手提包里，掏出一两样新奇的糖果、饼干、饰品当作礼物。带着一种纯真的和善赠予你，像是鼓励着你，抚一抚伤口，往前走。你总会得到回应。然后你也会同时发现，你所得到的，其实正是你期待的样子，符合得令人起疑。她反映的，仅是将你的欲望、好奇、偷窥欲、怜悯、妒忌、猜忌，原原本本的还给你。不管你想知道什么，她都给你想要的答案。然后，你会在离开以后，发现这一切不过是自己的自问自答。你怀疑起这一切的问答，也怀疑她的用意，可是最终，你怀疑的对象，往往回到那个正在怀疑的自己身上。

后来，很少有人问她了，毕竟一个照得太清楚的镜子，不会有人想多看一眼。

只是没有人敢认真地询问，不带任何预设与假想、单纯地想要了解，关于她与她丈夫的故事。

她的名字叫盆。对于这名字，她没有喜欢或不喜欢。她家在永乐町通开间布店。从小她在布团里打转，习惯每个布料的纹理、染印、重量，也听熟了每块布的来源或用途。她不靠大人教导，仅凭眼睛辨认花纹、织法、布料、颜色，用耳朵倾听布料间的摩擦声、剪布声与绷布声，她嗅得出不同的染印下每个颜色留下的独有味道，还有她的指尖，触过成千上万种布，她甚至可以揣测出同一批布料中些许的差异。父亲曾寄望盆可以学学怎么做衫，车衫缝衫浆衫，或去纺织厂当女工。她没有反对，只是用自己的方式闪躲，毫不为难双亲。

她上学以后，成绩不特别优异，然而每一次的测验都能过关。尤其在日语与英语学习上面突出，展现出语言上的天分。很多人都搞不懂这么寡言的少女，怎么说起外语这么优雅，甚少有人知晓她有双擅长倾听的耳朵。

她将许多事都放在心里，没有压抑，就是放着，轻松地。她不知父亲的期许，当个聚宝盆，放进一点财富，就会积起更多金银财宝。或至少，没有富贵，也该多些福气。父亲没想过，如果真的如他所盼，成了聚宝盆。那么即使聚了财富，或是福气，那些还是永远没有她的份儿。不论是放进去的，或生出来的。

幸好，盆也不在意这些。她仅仅是不分贵贱、稀少或多余、恩赐或诅咒、美丽或丑陋、干净或脏污、本地或外地、纯粹或混杂、善良或邪恶、真实或虚假，都可以暂时放在她那，等待哪天领取，没有时限。需要的人总是能找到她，或是她总会找到需要她的人。她不知道怎么形容，那些寄放在她那的是什么。后来她索性统一称为"心事"了。寄放，不是强迫她接受，尽管她的态度与全盘接受没有差别。没有人要她保守秘密，但对于所有寄放心事的人来说，没有一个地方比这里更安全了。盆，聚着他人心事，毫无压力，以至于羞耻的、令人见笑的心事，在寄放的那一刻，也仿佛找到最好的暂时安置。她明白自己的"器"，没有滥用。或者该说，她不曾真的使用过。她是给人用的，假如有需要的话。她觉得这样很好。

若有人问起，那么她自己的心事呢？她或许会说，她只要装得下一件心事的空间就够了，而这桩心事还未出现。

关于未来，盆决定争取公费名额，进入医院，学习成为一位看护妇。

看护妇的要求严苛，盆与台籍的朋友扶持着。她必须经过生理解剖、一般护理、内外科学、小儿科学、妇产科学、眼科学、耳鼻喉科学、牙科学、皮肤科的训练，也当然包括药剂、细菌学、绷带、急救、传染病学等专业技能。

这些专业远超过她一开始的想象，认识人体构造、肌理、组织的同时，也像是把她整个人拆解又重组一般。她还是把这些吞下去，不假思索地，渐渐也度过艰难的时期。到了实际学习包扎、注射、急救处理时，她开始找回从容。她暗自欣喜先前的猜想没错，她最大的天分在于表面。她可以借由观察或触摸表面，知道眼前这个病人需要多少的心思来照料。就像她过往在布店里，可以从细小的观察知道客人的需求。对她来说，世间很复杂，可是人的心思不难猜想，至少就她想要知道的部分来说，并不难知道。

现在她更确定了，人世间并没有真正的谎言，毕竟谎言无所不在，生活当中需要各种谎言才能好过些。她与其他人不同。在她眼中，各种由于内心某些槛，或思量计算而说出的谎言，其实无伤大雅。她有了属于自己的哲学。各种谎言，她皆能察觉背后隐藏的讯息。甚至在谎言底下，被遮掩过后的讯息，对她而言，呼唤反而更强烈，更真挚。她眼里，谎言与真话之间无法如此区辨，毕竟许多说真话的时刻，也同时在遮掩某些事。

她并不想知道所有人世间的真相。只是暗自地希望，每个来找她的人，或她找到的人，她都能妥善的，暂时的，安置起他们。就跟她收纳着他人的心事一样。

看护妇这条路父亲十分支持，不但体面，也省去了家里的负担。对于将来的婚嫁而言，也是很好的选择。盆的修业第一年结束了，也习惯了泰半的医院文化，剩下的一年让她感到十分光明。

她休假的时候会回到家里的布店帮忙。看护妇的职业方向确定后，家人对于她假日的帮手，感到相当温暖。父亲知道盆没有心眼，他认为这是优点。唯一的担忧是，盆会不会对未来也没有盘算呢？

看到她现在这样，不禁放心。剩下的，就只有婚事了。父亲不急，看着成年的女儿盆，想想当初对她的期望，感到有点微妙。似乎这么多的儿女当中，盆没有表现出特别有孝，却在回过身来，儿女纷纷长大投向未来时，发现相对沉默的盆，为这家族甚至身旁的人，攒下某种并非财产的珍贵之物。他想，真要说的话，就是福气吧。他看着女儿在店里回身、弯腰、微笑招呼、跑进跑出，心想，盆应该也有足够的福气给自己。

盆没有隐藏什么。就像她自己喜欢自己的名字那般，属于自己的，就放在盆子的底部。没有隐藏，只是放在下面，有时被其他东西遮住了。如果对她有过误解，只要时机到来，总会迎刃而解。

父亲看着女儿在店里摩登的姿态，才突然想到，过去希望盆去学女工、家政或缝纫，为什么都用她的方式避开了。盆没有反抗过家人，好像对于一切悉听安排或逆来顺受，却总是默默安排自己的路。使敏感的父亲始终觉得有疙瘩。父亲这时才知道原因。盆不是对布店没有兴趣，而是她想做的，其实是买卖这一块。他观察着盆在店里，发现她真有天分。

这时，他们家的生意已经大不如前，需要多点进口布料的买卖才能支撑。盆这方面的才华让父亲感到怨叹。面对盆的无悔与大方，父亲遗憾无法让她接手这家店。他利用她在店里帮忙的有限时间，将所有的经验倾倒般地教给她。带着她看货、批货、估价、讲价、仓库、批发。盆没有差异地默默学着，像是父亲的左右手。这样的日子不长，却是这对父女，藏着所有家人与朋友进行的，属于两人的私密幸福。

进入第二年，盆的学业得心应手，在学校也颇得人缘。她包扎与注射的方式利落，也细心能察觉病患的问题。尤其是她的耐心令人激赏，凡她照料过的病患，都无比信任。她实习一阵后，在台北病院工作。她当时以为，这就是她的一生了。看着他人的生命起起落落，生老病死，自己承接着他人身体，直到自己也终将经历这回。婚事，就按父母的安排说媒，或是相亲都好。职业既然已经任性，之后便不再忤逆父母。

只是她没想到会遇到那个人。

寡 妇

她们说，那张病床上，住着一位英俊青年。

　　他个子不高，眼睛很大，不常说话。她们说他非常有礼貌，应该是个读书人。

　　他住在走廊底端的那间病房，靠近窗子。那个男人总是把自己打理得干干净净，不像是因肺炎住院的病人。进去他的病房，包括气味都是干净的，除了病院的消毒水味，没有任何疾病的味道。她们还说，那个人神秘得有些危险，起初以为他很孤独，探望他的人不多。但讨论起来会发现那些探望他的人，似乎全都安排好，不太引起注意地进出。前前后后算下来竟是不少。

　　探望的人不管是男是女，是老是少，一贯的斯文。他们的到来与离去，没特别去留意时，令人感到心安而松懈。在病院充满规定、纪律、辈分礼仪的环境，他透明却有存在感的身影是种抚慰。她们谈起他，有时喜滋滋的，她们彼此讪笑，被点到时咯咯地笑。这类的事情不罕见，生活总该有点调味料，时代在进步，她们比传统妇女见识得多，恋爱的氛围隐隐约约都能感受知晓。

　　不久，她们意识到，这样的男子不单纯。

从谣传开始，唤起了她们并未留心的细节。那些探望者怎么能如此不留痕迹，钻进影子的缝隙，像是暗自规划些什么。有传言，那位男子是散布危险的思想者，来往的那些人，匆匆来去没留痕迹，但隐隐约约是那群搞运动的人。她们说他是"那群人"当中一员，有些人喜欢支持，有些人则不敢多提。她们当中有人听到男子与探视的友人稍微低声争执"路线"与"分裂"的事，也有人隐隐约约听到了蒋渭水的名字。

　　可怕的不是这些人与这些事，即便政府关心这些危险思想，一般人懂得趋吉避凶本来应无大事。何况台籍看护妇通过层层关卡，在政府的恩惠下有机会到这位置，自然机灵许多。她们的不安扩散如此快，乃是由于她们在体制中，不管轻松或辛苦，迟早会习惯。像是卫生学与防疫学所教会她们的，只要搞好卫生、隔离、消毒、施打疫苗等基本工作，任何的疫情都能控制。这也是一种信念或生活守则，穿着白衣的她们信奉着。然而那个透明般的男人，以及来探望他的人，仿佛都能轻易钻过她们的防线。没有冒犯任何规则，却会引起她们内心最不安的神经。

　　刚开始她们还看得到来访的客人，到后来她们最多只会听到声音。听到人声，推开门却没看到访客，连临床的人换过两三个，都口径一致否定有人来过。那个男人像鬼魅，病院最怕闹鬼，那是清除不了的病，在人心的里面又里面，怎么传染的也不知道。医生对他以礼相待，像是对待个人物一样，她们既然无法理解，索性背对着恐惧不再靠近了。关于他的事，在短短的日子里噤声。

盆没有理会那些。这是她对待身边人事物一贯的态度。那天她巡房，隔壁床的老人已经睡了，走到男子的病床，床上无人，棉被整齐地像浆过一样平整。男人穿着一般的衣服，还有点稚气的脸，像极了男子高校生。

此时她只见原来该好好躺在病床上的男人，却一脚踏出窗外，准备要跳出去。他们眼神对上。他的眼睛清澈无比，她觉得自己被阅读了。男人的眼神中有诧异，也有好奇，但是不慌张。

两人对视，这是盆第一次，在仿佛独处的时光里，与一个男人沉默地四眼相交。男人非常非常微小地扬起嘴角，昏暗中看不清是友善、嘲讽或是无奈。他像是对着观众表演一般，从窗口跳了出去。

她差点叫出声来。她心中跳出的念头是：这个男人带着他的心事一并跳下去了。然后她没能接住。

她把眼泪忍住，深呼吸。平复后，对那位少年有些怨恨了。她直觉那个男人没有事，而且一定会若无其事地回来。她决定下回再见到他，要装作不认识。她直觉地认为少年是故意做给她看的，是一种恶作剧。

隔天，她收到一束匿名的花，蓝色的风信子。女子们纷纷猜测是哪位爱慕者。只有她自己再清楚不过是谁。她迟疑要不要收下这礼物。收下了，好像承认了某件事。或是，跟这个男人，此后就有关联了。不是爱慕那么简单而已。在那风信子里，寄生了某些东西，她若收下，便也跟着接纳了。她不是一向接纳着每个人难以启齿的心事？那束风信子静静在那，像没人认领的失物。

在差一步被丢进垃圾桶前，盆拦了下来，总算还是收下了。

那天晚上仍是她夜勤，她走进那位男子的病房时，他已经在那等了。她知道那是等。那等待的眼神，回应着她的期待。她好奇这个男人。

第一次，她想知道这个人的想法。

原来她看似可以亲近任何人，也让任何人可以亲近，实际上总有个距离，在某个范围内，她完美无瑕地保护了自己。对她眼前的男人，她也感受到人们所说的神秘。她同时知道，神秘就是神秘，没有背后什么需要深究、揭开的东西。两个人还是对视为始，对视为终。然而相望太久，仿佛明白了，又仿佛什么都不明白地，两个人微笑了。

她想，这个男人真是趣味。她丝毫不介意那些传言，不是否认或装作没听过，她只觉得这个男人与其他人确实不同，而且不是坏人。她没去跟谁解释这件事。于是，她有秘密了，很久以后，她才发现原来这叫作秘密，回忆起来特别幸福。

秘密是会滋长的。也许是巧合，在那之后，她工作上能巡到他病房的机会变多了。而且不时会有些空档，大到她无法忽视的空档。像是车水马龙的道路上，突然净空无人无车的奇妙时刻，世上的指针为你停格。空档的吸引力难以言喻，她抗拒过，每次抗拒的尝试，都像在催化那样的诱惑。每回一转过身，在空挡里等着她的，是他的凝视。总会有些骚动，病人家属紧急叫唤，或突然需要人手。虽然很短，那些时刻，他与她，在他干净无比的病床旁，什么事也不做，什么话也不说，单纯享受这样的时光。她知道那是他变出的把戏，并不讨厌。他也没有任何逾矩的行为。他也许是放荡的少年，她不在乎。她觉得有件事不是假的，是他们之间这样秘密时光，无法再与别人共有。

再过不久，男人即将出院。她叫他信仔，他叫她阿盆。他们彼此认定了。

他要离开了，不仅是出院，他说，要回去上海做很重要的事。他保证一有空档，会来找她的。

信履约，盆守信。她每次见到他都是真的欢喜。在她眼里，即使在从事这些危险思想与运动时，他仍然保持置身事外的从容。她相信他做的事是有意义的。

她陪着他去订制合身的西装，陪他选布料，讨论剪裁样式，挑选纽扣，给他在外头走路时，可以摇摆一下。他带着她去看戏、去跳舞、去看野球、去听演奏会。她微笑着听他说，他有多少个身份与假名，放出多少风声与线索，怎样把日本警察耍得团团转，哪几次又自作聪明差点弄巧成拙。包括他在上海参与过的读书会被日本警察大批捕获的时候，早已先一步逃出的他，仍是极优雅地，穿着讲究地与她在吃茶店喝咖啡。

盆知道，信所说的故事，一方面是真的，一方面也是用来取悦她的。她知晓，信在她面前谈笑风生，背地里从事的事业其实暗涛汹涌。不光是想安慰盆，对于信来说，每次平安归来与盆话家常，将那边的事当作故事来讲，是幸福的表征。那不是说谎，盆用她的倾听回应信，会选择怎样的方式说，本身就很重要。

盆拥有的天赋，让信长久以来的故事，能以最自然的形式寄存。即使他有天将彻底消失在世间，她也会守护好秘密，直到有一天，让后代子孙知晓。

最重要的是，明明相聚的时间是有限的，他还是让她感到他一直在身边。他的存在感，与她的依存症，后来，她成了共谋。盆很清楚她想知道的是什么，其他都不在意。或即使在意，她亦义无反顾了。即使他在外头有其他女人，或他不愿意透露的行踪、他进行的危险的事、他别的名字、别张面孔。关于这些，她只困惑很短的时间，便放过了。如果在意这些，就跟不上他了。这样的宽容，是她的"资格"。

她也因为他学会了很多事。盆学习着他告诉她的事，关于这个世界，关于政治，关于一点人间的历史。他用他的经验，双眼看过的，说给她听。不仅是痛苦的，他也教过她美好的。信每次回来，都会带上几件小礼物，他在上海、东京、香港弄来的，譬如胭脂、丝巾、珍珠、打火机、手表等。他们有种默契，这些资产阶级的娱乐用品，只能赏玩，不能入迷。他们一开始会拿去典当，后来盆建议，不如她想办法卖掉吧。信顺手教她如何在黑市里打交道，如何兜售、讲价、找买主、转几手拿到钱，以及怎样处理这些钱。他称赞盆学得很快，盆打从心底开心，在信的指导下，她学会了父亲遗憾她不能接手的买卖事业。盆渐渐有了一份属于自己的积蓄。

于是，在他不在的时光，她开始经营另一份事业，作为她想念的方式。工作以外的时间，她试着做点小买卖，或帮人贩售抽取佣金。

　　她学习等待，只等一个人。她的心净空了。她依然友善、善于倾听，却不再是那个无条件让人寄放心事的盆。因为她至此之后，只装得下信的心事。专属于某个人，意味着一个形式只容许一个内容，两者再也分不开了。

　　信不在了，盆将失去了意义；盆不在了，信将找不到归宿。两人遂决定结婚。在外头风声鹤唳时，日本警察循线一一捕捉他们时，他们筹备着婚礼。在盆的家人眼中，信是个古意人*，大大的眼睛，个子小却很英挺，总是把衣服烫平，线条明显，也是个读书人；而信的家族虽大，却很鼓励年轻人在新时代闯荡，自小调皮又鬼灵精的信能找到这样的女子自然是福。

　　盆为自己找了一套西式白纱新娘服，裙摆长长地拖在后面，白纱质地轻而密；盘起头发露出额头，并戴上白纱头饰；手上拿着一束风信子捧花；一切都是她一一挑选，且要求定做的。信则准备了一套黑色燕尾服，一套军装式的大衣，上面的扣子与链子在阳光下闪耀。他们对未来并不乐观。如同他们预见的，在日后战事扩大时，那些台湾子弟纷纷自愿或被征招上战场，想象着自己为国光荣散华之时。那些稚嫩的少年们，也将会严肃地穿上军装，像是进行成人仪式那般庄重，在出征前盯着镜头面无表情拍下照片，给未来一个坚定无比的影像。他们在婚礼所展现的，便是这种认真的结盟。他们选在神社举行婚礼，在宫司的见证下，以神圣的方式，刻下他们的誓言。他

---

*　老派人。——编者注

们的结婚照片，就是以这样坚毅的眼神，一同望向未来，成为他们最美丽的誓言。

不管往后的事，是否在他们的意料之中，这场在神社举行的婚礼，在家属们大合照里居中的两人，面向的是未来。

信告诉她，将来别怕分离，他们永远不会面临真正的分离。就像她的名字，盆，是分，因为分开，才能装得下更多。他们将永远在那，就像此刻的永恒。

他们定居在圆山町一带。随着婚姻，盆辞去了医院的工作。靠着买卖，她有了积蓄，也暗自支撑起信的活动。他出入东京、上海租界、厦门、香港。他也对她说，有机会也想到俄国，看看那边说的，跟他听到的那些一样不一样。那些地方，盆都去不了。她势必无法追随，势必等待。讽刺的是，也许等到她也能去这些地方的时候，她已经不需要再等他了。也许就是这样的心思，她愿意等，并当作是一种幸福。

她跟着他，才接触到她原来看不见的世界，看见那些不公与被压迫的人民。也只有在婚后，信才展现他一路以来受挫的一面，怀疑的一面，受伤的一面。关于他所从事的，或关于党的成立的风风雨雨，路线之争，与不同势力的介入，感到无力的时候总是比较多的。盆全盘接受这些，她骄傲地想，自小练习好像就是为了有一天，为了她欣赏的男人，可以包容下一切。信不愿意留名，除了躲避追缉外，也同时符合心性，方便他行动。

当组织在上海被大举捕获之后，传言他已逃跑，实际上他哪里都没去，他与盆就在那时举行盛大的婚礼。他总是有本事抹掉痕迹，或留下痕迹误导人。他说事情发生时，虽然有人被捕，有人逃脱，他仍在事发前做好准备。他说，党的组织不断被击破，重点是还有一口气在；而当他们过起一般婚姻生活时，信也在各地为党煽动、组织、结盟、起草声明。有同志以为，他是以婚姻的正常身份作为掩护。对于他们来说，那仅仅是，一个真正的归宿，信知道，不管发生什么事，盆会接纳他。所有的误会，抹杀与遗忘，指责或指控，陷害或逼迫，他可以云淡风轻，因为盆会相信他，记得他。不用憋屈着身体，不用压抑着情感，在她那里。

三

　　他们暂且珍惜宁静的日子，在风雨来临之前。

　　查缉，举报，一网打尽。信的名字终于见报，刊载照片，甚至出现了他在基隆被捕时身旁的另一位女子，怀上了信的孩子。加入组织这件事，成为众所皆知之事，讽刺的是，那也是他的组织覆灭的时候了。

　　没有人通知她报上写的那些，她是无名的妻子。人们对她的好奇，不如信在外头的风流韵事。她因此被保护在那事件之外。

　　她低调过日子，一转眼，数年过去。

　　时光是这样的，当所有人被卷入那场风暴，太平洋的战争快速推进，又在一夕间一一失守，天皇玉音传送时，许多台籍子弟还在大陆、在南洋生死未卜。几乎没有家庭幸免于灾难，几年内的颠沛流离，生离死别，回头，信已经减刑，服满出狱。

　　岁月几乎没在信的身上留下痕迹，只是他那种神秘的微笑似乎藏得更深了。信一家给人和善的印象，而身边多了几个女儿。人们有点不明所以，也许是误会了，或时间过太快了：被关那么久，怎么还会生下这些女儿呢？然而每个女儿都继承信的眼目，互动起来也没有生疏。加上信对于每个人的大小事了

　　　　　　　　　　　　　　　　　　　寡　妇

若指掌，讲着讲着，也怀疑起他入狱的时间其实没那么久。甚至是记错了，他只是常常做生意而在外；或是也有人传言，他在服刑的日子，也会夜半偷溜出来，再若无其事地回去；也有人谣传他被日本吸收，派去大陆做间谍。

这些都不重要了，"不幸"不再是个人的命运，而成为岛上集体的命运，无一幸免。

四

　　"二·二八事件"发生后。信上了黑名单，尔后失踪。盆成为寡妇。

　　她照顾起信的一些朋友与师长的后代。过年时让这些因为事件而失去父母的孩子们有新衣穿，有玩具玩，能吃顿好的，安稳睡得饱。

　　她做起生意，操起一口流利普通话，没人知道她何时学的，就像人们不知晓亦不敢过问，她那些货怎么来的。她默默地活跃于商界，甚至与美国人交好，她擅长读心，磊落地买卖，终究给她撑起四位女儿需要的物质生活，成为我们后来看到她的样子。

　　关于信，盆是怎么看待的，也许只有帮助他出逃的阿宽，信仔的外甥，最接近真相了。信仔失踪后，阿宽经常来探望她们母女。阿宽心中的结，与那份郁闷，也只有盆真正明白。

　　在事件过后一两年，阿宽在新竹找不到工作，决定来台北落脚寻头路[*]的那段日子，盆照顾了只身在外的他，只让他教教他的表妹们功课作为代价。

---

*　闽南语，出路。——编者注

女儿们相当敬重这位会读书的表哥，也喜欢问他关于父亲的事，尽管他支支吾吾，总是脸红着不知道如何反应。盆看着这些景象，往往微笑，她证明了女儿们可以无伤地长大，或者至少知道怎样活着不愚蠢也不屈辱。因为这些，是她与信的承诺。

阿宽住在盆家三个月，以为找不到工作而绝望时，突然收到通知，来自于刚成立的农校。阿宽终可以重拾教职，能够回头面对父母妻子，以及养育即将出生的次子。他欢喜地走进盆的家，却发现舅妈已经张罗好一大桌菜，还有他喜欢的清酒。当晚阿宽容许自己在他们面前喝醉，醉得哭了。盆让女儿们去睡，泡了壶茶让阿宽暖暖身体，慢慢放掉他的恐惧、亏欠与不甘。他终于在盆的面前说出了关于信逃亡那天，只有他一人知晓的秘密。

仿佛准备许久，盆平静对着他说："我知"。

多年之后，当阿宽的次子已到了娶媳妇的年纪，阿宽请盆来当好命婆。她不以为身为寡妇的身份不妥，她仅仅用姿态告诉这对新人，她明白什么叫幸福。

她等着有一天，如果有人问起，也许还是不会多说。因为答案早就在那儿。盆不需要伪装，不需要面具，她早就已经练习过，可以比任何人再沉溺一点。再沉溺一点，在悲伤的时候，在命运的面前。珍贵的事物，即使风化成沙，也终会沉淀在盆的心底。信的心事与盆的心事，在那里不分彼此。

方向

"难道没有更光明的路可走吗？"

他听着阿吉反复念着，像是琢磨着什么，无比谨慎，一只手悬在那里，迟迟没有落笔。

他看着墙角没有理会。墙角的棱线清晰，昏暗中也看得清楚。三个九十度的尖角汇集在尖端，他朝着最尖最尖处看，专注看，那尖锐足以切断他的杂念、思念或妄念。投向无限狭小的意识，经过练习，每当觉得看到了尽头，像是所有的故事都该有个结局那样，却总是意外凿开一个破口，犹如踩空般坠了一下。然后才狼狈地拾起精神继续对抗，将所有的意志投向尖端。

已经不知道是第几个了，或说第几回了，他盯着这墙角看，好几年了。

徒劳，当判决书下来时已经决定。牢狱的岁月中，行动在方寸间，相同的饭菜，劳动，或狱卒发泄或捉弄的"管教"。事实上，在狱里度过的一切苦役也好，折磨也罢，这些与罪毫无关联，与忏悔毫无关联。至少他们这群因为相同原因被一网打尽的犯人，监狱所要做的，不是令你赎罪、悔改，很简单的，这些责罚就只是改造。改造，最适合用在思想犯身上。日本人正在发展一种更有效的方法，铲除掉思想中的不安分子，在萌芽之前。左翼的野火燃烧，他们要在远东，每个人的身上，筑起一道高高的防火墙。日复一日的折磨，不必酷刑或苦役。压迫有时会有反效果，让人更想反抗，或滋养起更大的意志。改造，让人连反抗的余力都没有。像是日本的统治，经过三十年的淬炼，已经成长为革命者难以对抗的怪物。

他读过马克思关于一八四八年法国革命的研究，反复读着革命的失败。对于失败的历史他总耿耿于怀，而属于他们自己的革命，也就那么快的，原以为星火将燎原，最后却被灭得彻底。伟大的失败并不可耻，而他终其一生，都没尝受过所谓悲壮。在他进行地下运动的那几年，他一直觉得自己看见马克思所说的盘旋的幽灵。日本人恩威并施，以资本主义的糖水喂养你，毒害你的心灵。好多好多的同伴都已经屈服了，不论是表面配合的，或是内心退缩的，那些转向的时刻，他都是听得一清二楚的。他知道真正的敌人在哪，可是真的无能为力。

转向的时刻，会有一种声音。像是蛋壳被敲碎的声响，无可挽回。他仿佛都可以感觉到那些原来的同伴们，拖着步伐，垂着头垂着手押出去审问时，内心就像破掉的蛋，蛋白粘腻地滑出。幸运点的还保留着蛋黄，但大部分连蛋黄也破了，混着蛋白成了肮脏的蛋液。他不鄙视他们，总得先生存，才可能重整旗鼓。总得要天真一点相信着，留得青山在，不怕没柴烧。他们的革命，一定会有个时刻可以逆转。

遗憾的是，他没有办法天真。

入狱以后，或更早之前，他已经不与他们沟通了。他任由他们的猜忌滋长着。

当判决下来，他们一个一个在法官面前公开"转向"，说明自己不再信奉马克思，不再煽动，不再不安分。而他仍一语不发，没有出卖任何人，也没有替自己辩解。同志们到了这时，似乎都明白他的意图了。他们明白他的所有为何，或他的不为所求，就静静地，让他在时光之中，将自己埋葬。

对他而言，没有所谓的出卖或背叛，所作所为，皆改变不了命运，集体既已全军覆没，个人的种种思量，又有何干呢？

奈何，转向若可耻也就罢了。可耻的是转向一点也不可耻。转向者所感受到的，甚至是种舒爽之感，彻底展现在他们的表情上。那就仿佛，左倾只是某种青春期的转变，过渡期的尴尬，过了，也就好了。过去的热情，像是热病，年少时容易做的春梦。只因转向如此容易而无损，换取的好处与宽容摆在眼前，过去的牺牲、担忧、危险显得毫无必要。

转向，转向，转向哪里呢？他也迷惑过，是不是，一开始，他们就没弄清楚方向，自己在哪里，未来往哪里，其实无关紧要？日本人好整以暇，毕竟日本共产党作为台湾共产党的指导机构，其中央委员长佐野学和中央委员锅山真亲1933年6月7日在狱中联名发表《告共同被告同志书》后，日本人预见台湾共产党的溃败也将势不可挡。日本人的策略很简单：将"转向"政策方向执行到底，连未来一起扼杀。

在这势头上，进行大审判，如日本人所料或预先的攻防奏效。很快的，只剩他、阿新与阿女三人"完全地拒绝思想转向"。如此讽刺，统治者的目标方向，甚至未来规划，比他们这群想改变世界的人还清楚、还明白要如何执行。有权力、有军队、有情报，敌人拥有一切，感觉比自己还要"理想"。

他也明白，他表现出来的坚持不转向，没有任何意义。他不为他们，不管是同志或日本政府所私自想象的意义服务。最好的辩词，他已经传达出了：对于这一切，他仍然无话可说。

那年陆续被捕的四十多人大多三四年间就出狱了。只剩他们少数几个人被判了较多年的刑，在狱中消耗了岁月。然而出狱不过是进入另外一个牢笼。世界是个牢笼，越来越紧缩。党不在，组织不在，有些人记得你，尊敬你，可是你清楚的，那仅仅是无用的安慰。经历过这些的人，安慰是很痛的，宁愿不要。他们的出狱与减刑并非情愿，犹如被驱赶的羊群，从一块牧地到另一块。相对于那些同志，他依然以意志去改变小小牢房的空间，尽管只是紧紧盯着一个墙角。这样的他，却让某些曾经转向的同志羡慕不已。

（阿吉还在那里反复同一句话，话语凿穿了空气，也凿穿了话语的字词本身。终于，成为空气中的泛音。或是睡眠中恼人的蚊子似有若无的嗡嗡响。或是断气前的动物最后的哀鸣。或是钝器打断骨头时在身体内震荡的余波。被钓起的鱼仔张着嘴波波波发出的空气薄膜拉开又破掉的声音。或是香炉的余灰烧尽时连着红色火星一起灭去之声。在空旷的大地上无风无雨的绝对静默的幻想声音。）

只剩下他们几个还没出狱了。他不歆羡出狱的人，也不将留下的人视为同伴。他想象，他们，不论是在外面的，或还在里面的，都是破碎无比的。他只能用自己的方式，在里面的里面修补。既然身在何方都是牢笼，唯一自由的可能，在于里面的里面。里面的里面，他折叠起自己，像是折起报纸一样，整整齐齐的。当他专注在那里时，一切都很清晰。

很少人知道，他少年时打过野球。他身躯矮小，眼睛却很犀利，协调性好。重点是，他掌握得住好坏球，对于投捕的配球一清二楚，清楚到，对手甚至自己人都怀疑他是不是猜到了暗号。实际上是某个人教会他的。他们学校来了一位教练，据说在日本的时候，曾带队把一个无名的高校打进甲子园。那位教练告诉他改变身材劣势的方法，在于观察。如果你够仔细，只要观察一根毛发，就能得到整座球场的资讯。教练教导他，不要分散注意力，观察投手在投球过程中，准备挥臂时，你在打击区看到手肘出现的位置。只要学会注意看，周围所有的讯息都会透过那个点集中过来。像是漏斗一样，一滴不漏地接受讯息。

　　他打野球的时间不长，可是学会了这个重要的事。此后，每当杂乱时，他都会这么做。在旁人以为他在忘我读书或遐想时，他掌握了周围。

　　入狱之后，他索性不逃了。外面不会更好，在整座铁笼之岛里，没有所谓外面。他学习感受，磨炼这份能力。他感受得到狱中每个人的状态，有几次，他提醒狱卒，哪间牢房的哪个狱友身体状况真的出了问题，判断得比病患本身及医生还要准确；他知晓明日的天气，牢房外的蒲公英被春天的风吹开时，所飘往的方向；他晓得每个进来服刑之人是否罪有应得或遭受冤枉，供词的可信度，或招出的共犯是真是假；他知晓每餐送来的牢饭是否卫生新鲜，或有伙房恶意吐了口水、扔把灰尘、剁碎死老鼠肉掺进去；他当然也知晓，同志们究竟是一时的策略与忍辱偷生，还是真的背脊打断般地求饶悔恨了；他也明白，不论是形式的，或实质的转向，终局都是一样的。

　　等着他了。

很多人都忘不了，审判的那天，他一语不发。法院外聚满了人群，与警察的阻挡，像是一场革命即将发生。他们说，信仔坚持不转向，无论警察如何威胁利诱，他都是硬颈的、有气魄的反抗。稍微熟知党内路线斗争的，都认为他是在与阿女对抗：是谁，能面对统治者而坚持到底。这是自毁的赌气，他们坚持越久，也只是加重个人的罪。赢者将获得最重的罪刑。他与阿女，像是两个对赌的赌徒，大把地将筹码下注。吊诡在于，"转向"一事，原是日本统治者的政策，以减刑为条件，减去他们对于国家的罪。竟在这两人最后以死相搏式的横冲直撞中，让整个大审判成为最惊心动魄的戏剧。他与阿女坚持不转向，拼命争夺着刑期。仿佛誓言以余生投入，直到法庭决定收手，立下判决断绝这种比拼。结局是他与阿女都被判上最高的刑期，以规则判定廉价的平手。

人们企盼他们还有什么话说，或有什么行动。阿女对着世界大声呼喊。他则彻底地没收自己的言语。两者命运相同。于是，无论转向或不转向，言语或沉默，都在更巨大的判决下分配下去，最终都变得一样了。人群自动散去，原来，所有的选择都没有意义。

如果有人问起当时的想法，他会说："我袂记诶"。

他真的想不起来了。他没有告诉别人，自己有某种能力，以及这能力如何得来。因为他再清楚不过，这些解释于事无补。他不记得的事太多了，多到像他记不得任何事。

使用这能力是会上瘾的。起初，就像他在玩野球时，用这份能力读出战术、对手的想法、球进本垒板的位置。后来，他习惯在任何场所练习，找到空间某个缺口，撬开，让所有讯息朝脑袋一拥而入。

譬如还在文化协会的时光里，他预料到组织开始左倾的那一刻。接连的分裂的征兆，是他在蒋渭水的左脸颊与嘴不自觉地抽动时感受到的。他像是贼子，找到了孔缝，带走最重要的物事。使用能力的过程当中，他发现自己原来就矮小的身躯，显得越来越小。像老鼠，渐渐见不得天日。因此他不照镜子，怕在镜中自己的脸上也找到孔隙，自己阅读自己，感觉多么肮脏。

他的注意力收不回来，永远在他方，更远更远的地方，就是不敢往内里看。他自己追赶自己，造就了他的逃。最终，他只是想为逃离自己的目光而逃。

如果不是遇到他的妻子盆，他可能像是想逃开自己影子的人，终焉疯狂。他的空洞被接纳，可是时间并不允诺他永恒。

这份能力，首先向你贪婪索取的，是时间。他的时间越来越稀薄，令他感到窒息。他为了适应，连呼吸都开始越来越小口。练习憋气，或潜入溪川，轻易超过一般人的限度。没有回头路了，他想，就像潜入深海，若是太快浮上来，会七孔流血。在深海里，分不清上下左右，一切朝你内里挤压，再挤压。

第二个索取的，是自我的意识。从他习得，到利用、依赖这能力，逐步陷入知识的迷宫。既有的知识已经无法满足，他像是面对首次向人类展现的银河，满天星点，令人晕眩。他时常觉得自己不在场，因为意识跑得太远了，许多次的危机也是这样造成。他怀抱的秘密使人不安。一方面，他屡次冒险犹如置生死于度外令人敬佩；另一方面，每次全身而退与神出鬼没却让人无法信任。他只得抹去自己的痕迹，留下些无关紧要的、让人误以为重要实际上却没有更多讯息的蛛丝马迹。制造出虚假的存在感，让自己成为组织里的空壳，真正发挥作用却在暗处。他刻舟求剑，自己却是那把剑，或从来不曾存在过。

最后，它索取的，是记忆。他没有失忆，相反的，随着他的时间越来越稀薄（而不似一般人感觉的越来越少），他的回忆依然深刻。他失落的，是记起当下的能力。他着魔地看着，没意识到时间，没意识到自己，他记不住现在。总是在事过境迁，残余的印象，他组构了某些记忆。他记得的场景，自己都像是隐形的。与其说是回忆，他宁愿称之为历史。在他身上，只有历史，没有记忆。就像这座岛上大部分的人，没有历史，徒有记忆，终会被抹杀。所以，他完成了自己的放逐。他整个人，就在岛的命运的反面，且牢牢系在一起。他，就是这座岛的命运。

庆幸的是，如此难辩的真理，他没有被人理解的急迫性。他相信总有个人，在将来，可以摊开他的孤独命运。他直向面对历史，带着自身的时代记忆，犹如暗夜行路，一个人踏上路途。

他没有解释，为什么那晚，他与另一位同党女同志娥双双落网时，会束手就擒。熟悉者以为他必然是千钧一发之际逃脱的那个人。然而，他不但没逃出，也没有预期的天罗地网、追赶与藏匿，或任何可以满足想象的张力。仅仅是一个又一个名字的落网，烙印在官方的公告。如此庸常。

而他被捕一事的曝光，甚至在情色的廉价幻想下，被加重处理了。报纸上写着，与他一同落网的女斗士娥，被捕时已怀有身孕，孩子的父亲是已有家室的他。在这段狱中产子的逸事中，他的名字被冠上"情夫"两个字，仿佛整个革命事业，不过是一连串未经思量的、败坏风俗的歧途。对此，他沉默，怎样羞辱与威胁也激不出话语。没有人发现，关于他为何被捕，他的盘算，心理，其实毫无掌握。他任由肉身囚禁，活动限制。而在精神上、话语上，没人注意他缺席了。

台共大追捕时期，他们没有搭上船的那晚，基隆夜雨。在低矮潮湿的砖瓦厝，心情阴暗地性交。他不记得一开始怎么发生的。最早，是娥当信差串联起组织间的沟通时搭上的。他喜欢她隐忍的外表，与内心的炙热。在他已有妻室的状态下，仍是陷落于倾向于死的神秘情欲。

他们肉体关系发生得早，但那晚不同。他们被捕的原因，与这段关系无关。革命这条路走熟了，直觉往往敏锐。尤其关于自己能否过得了这关，逃掉此劫，他了然于心，处变不惊。然而这回，他们一同陷在绝望里。娥看见眼前的在劫难逃，他则看不见眼前。至少，他突然再也看不见他一直以来化险为夷的那个"预示景象"了。他慌了一阵，以为再往前便是死亡。不过死亡倒是没有到来，而他想通了。此刻，他与娥所存在的绝望状态，台共将被一网打尽的覆灭前夕，他并非真的看不到未来。相反的，他看到了。他的能力完全觉醒，此生头一回，他真正地"看见"。他想看见的未来，是纯粹的黑暗。

方　向

那晚，他看着黑暗，一遍一遍摸黑而无声地绝望做爱。他诞生一只黑暗之眼，能专注看着黑暗而再无其他之眼。从那刻起，他内心的那只眼睛，终其一生只专注凝视着深不见底的黑暗。在肉体的交合中，似乎肉体愈深入，愈陷入黑暗。他因此拼命冲刺，充耳不闻娥的激情叫喊。他渐渐地，越来越清楚地，看见黑暗。他知道这代表着他看到未来了。这个完全陌生的黑，印证他过去的猜想：未来只能是虚空，在最深的黑暗里。

　　他觉得相当平静。对于命运这件事，他欣然接受，毕竟看见这景象，既恐惧又迷人。甚至，他甘心放弃此生，只为了能更深地凝视。

　　破晓时分，乌云满布仍似暗暝。突然，木门被一脚踹开，一瞬间屋子四周都是包围着他们的警察。他不做挣扎，只低声说明，身边的女伴已有身孕，不宜粗暴对待。

　　随着警方离开时，他回头看了一眼基隆海港，看见幻象：海水染红，上头浮着数不清的男女老少的尸体，像是煮熟的水饺一般肿胀着，这些尸体手掌都穿透着铁丝，并且还有更多的尸体，不停止地倾倒在海里，像是要填成陆地一般。他闭着眼，并闭上内心之眼，忍住呕吐，跟着警察的脚步走。然而那内心之眼，半开半阖着，控制不了，强迫播放着令他痛苦万分的画面。

　　他张眼或闭眼，看的都是与他人不同之风景，他觉得自己已遭世界排除，犹如死者。真是如此就好了。他看着空荡的基隆码头，幻象平息，海面平静。内心的骚动还是让他留在震撼中。

没有时间了，他想。看到那纯净的、尚未被污染的原初的未来还不够。他想要知道更多，在黑暗的深处凿出破口，直到透出一线微光为止。

他面对墙角，凝视更深更深，直到周遭的一切，全搬进了他的意识里。从此，他囚禁了自己。讽刺的是，他借由囚禁了自己，得以安静地处理内心的纠结。

大部分的同志，包括最断然承认转向、放弃左翼、愿意修正与回归社会者，入狱减刑之后，政府仍然不会轻易放过。口头的说辞之后，再者是悔过书，宣示转向。一次再一次要他们放弃反抗，直到麻木，不论对于过往的左翼思想，或是后来归顺的正轨。监狱里，每周都有和尚进来宣扬佛法，反复诵经。共产党人必须不断抄写经书，不需知晓含义，像苦行僧般抄写。抄写到，在这些共产党人眼中，文字变得毫无意义，甚至恐惧。直到脑中思考的语言也彻底变得无意义。直到完全迷失了方向，辨别不了任何方位，哪里都去不了时，改造才算真正的完成。

他一开始被当作顽强抵抗者，亦欲以最严厉的方式惩戒之。

每一次的审问与无功而返，报纸上都会刊登，挑拨情绪，看他何时以何种方式反抗。同时担忧他是否暗自盘算组织或煽动狱中囚犯，甚至影响狱卒思想。

他被换到最深处的单人牢房。不料此举令监狱长陷入更大的麻烦：他被遗忘，又无所不在。监狱开始闹鬼，每个人都传

方　向

言有个半透明的形体四处穿墙。狱方不明就里，直到外头传言他已经越狱成功，才气急败坏打开牢房。却见他背对而坐，咫尺距离，竟让人感觉遥不可及。

他们请上佛法高僧来与他对诘，一方面是希望瓦解他的信仰；另一方面也是驱赶管理者的不安。彻夜的密室深谈。天明，僧侣走出，不发一语，只简单暗示：此人已无欲无求，亦无可救药。令监狱管理人完全摸不着头脑。

他不分昼夜凝视着墙角。他意图看到命运，自己的、同志们所追求的、岛上的、大陆的或日本的。他猜想命运就在那最不可见之处，躲在他日夜以目光凿穿的不存在的远方。他想象自己身处世间最不自由之处，他是最有机会看见未来之人，也知道这是他最后的机会了。他以为凿穿之后，愿以最终凿穿自己瞳孔为代价，见上一眼关于他渴望知道的人类未来图景，那个人类不再劳役剥削他人的世界是否有可能。

他不知不觉任由目光追求走进黑暗。他每日昼寝，直到日落无光之时，尽情在黑暗凝视最黑暗的角落。他比生命当中任何的时候都还要迷失，也更加义无反顾。他感觉，到了此刻的状态，才真正地成为一名革命分子。

在牢狱中他已不知年月，日期时间已无意义。他偶尔溜出去，闻闻这世间的空气，拥抱他的妻子，跟睡梦中的女儿说话，再偷偷地回到狱中。大部分的时间，即使他有能力越狱，他还是选择在这里，他的牢房，牢房里面的里面。

"除了枷锁，无产阶级没有什么好失去的。"对他而言，实际上即使没有枷锁，离自由还有一大段距离。他稍微懂了，他总以为自己可以看到许多看不到的事，掌握一切风吹草动，深入每个死角。他以为看了比较多，也知道了比较多，也拥有比他人多好几倍的人生。有这样的天赋，他必然有更大的使命要承担。只是走到后来，他发现自己承担不了任何事。

他回顾台湾共产党的短暂历史：分裂、猜疑、互相告发。在他们高喊着全世界的无产阶级联合起来之前，组织却如此千疮百孔且注定瓦解。那么，他们后来转向，其实也无须计较了。

入狱后，若说他真的学到什么事，是他到后来明白自己需要谦逊。在世界面前，在命运面前，在历史面前，即使知道再多，像作弊一般知道不该知道的事，也如同无知。他独坐着，发现了一直以来欲求而不得的原因：他没有条件思考。

他思考，共产党的同志，甚至更多想要改变的"他们"也思考，但是他们实际上是不懂的。思考终究是资产阶级的特权，他们是没有条件学会怎么思考的。或者，这样的解释也非他本意。他想说的是，一直以来，他都在里面。无论他走了多远，逃到多么罕无人烟之境，他终究在里面。从里面往更里面逃，像是逃不出五指山的那只猴子。要能够开始真正的思考，真正思考他想思考的事，让思想达到所欲抵达得更远的地方，必须走到外面。从头开始，里面的里面开始，走到个人外面，世界外面，时间外面，历史外面。更外面。

他想到这点时，激动得抽搐。却忍着，看着还在徒劳写着日记的阿吉，喃喃自语无法落笔；或是已经被折磨成一介凡夫俗子的阿新在跟隔壁牢友请教养殖兔子的方法。他累了，承认累了。在眼前的黑当中，又蒙上一层黑。

然后，他突然领悟到另一件事。此刻，许多片段没有经过他的眼睛直接进入他的脑海里。怎么会忽略这件事呢？他执迷于这份能力之后，以为自己见识与众不同，也没必要与任何人分享。才误以为那些不一样的景象，更深入的细节，是自己眼前所见。他一直以来漫不经心看着这些景象，混淆了真实所见与这份能力所带给他的视野。到了这个时候，他才确定，这份能力所见的影像，实际上不是他所见。那些影像，在他视线凿穿现实之时，自然地流入脑海，不经过肉眼。

　　所以，一直以来，他犹如活在梦里，真实的人生则如梦游。他是个醒着的做梦者。他们一群革命者编织着梦，是不同形态的做梦者。他们梦想着做着同一个梦，正因为梦想有同一个梦，他们才以此误会相聚，相信能联合更大的受压迫的人们，取消国界，取消阶级。他们的层层组织防备，却如怪物般增长，最终扼死所有人的梦。他，只是逃出来的造梦者，做着比任何人还要久的梦。他曾心有不甘，认为自己牺牲过多了。他早发现，每当朝知晓的界线再推前一点，就有更大的未知的浪打来，让他分辨不出是否推进了一些还是退后了一些；他不曾经历过的经验，已经石化为遗忘，围城高墙。他卡在内心世界里动弹不得。

　　"该走了"，他想。既然看不到，如果是时候，也该就此认了。他懂得，上天给予这样的能力，并不冀望他该有所承担。他扮演的角色，并不允诺他在最绝望之处兑现任何意义。譬如舍生取义、壮志未酬或名留青史，都不属于他。简单来说，他做不成烈士，注定被遗忘。坚持那么久，尝试在所有方向寻找出口的他，不断在外头与在里头潜逃的他，终究是原地踏步。所以转向的那些人并没错，转向了，没有任何的背叛或痛苦，也无从欣喜，只是突然轻松了。转向者若能掌握那一瞬的意念，也许可以领悟。转向，其实可以在那一刻放弃方向，然后重新开始。

他叹了口气，最后一口，决定将来不再叹气了。看不到终局，对他而言已是结论。他走得太远，回神，他已经深深陷在牢狱里，比囚禁他的监狱更深之处。只有一件事情清楚：若他愿意，他可以选择就此隐匿，与这世界再也无关；他宁愿另一个选择，回来，承认放弃了方向。在剩余的时间里，好好以最粗浅的方式，去思考方向。他是越界者，甘心遭受天罚。从此埋进遗忘里，或是回到这里，再彻底被遗忘。他选择了后者。

他又花了好长一段时间才真正地回来，依然无人知晓。

后来的岁月，他与牢房安然相处。偶有传言他会越狱，再悄悄回来。可是就算以最严格的审查，他的脸上已经没有任何一丝革命者与反抗者的痕迹了。时日一久，身旁的人，无论是其他囚犯或狱卒，也多少明了他的眼光早已看往他处，一个他们尚不知晓的方向。他依然神秘，但不再危险了。也许看到了，也许看透了，也许看够了。之后，他不再面对墙角，和善地面对旁人，犹如厝边朋友。

他减刑出狱的日子指日可待。

后来看到他的人几乎无法联想，眼前这个温驯有礼之人，会是当初的革命者，煽动者，顽强者。甚至有人怀疑当初是冤枉了他，或他不擅言辞，或有难言之隐。消息慢慢凝聚成一股暗流。日本人乐见如此成功感化之人重回社会。他们相信他早已被拔去獠牙，一点威胁性也无。正在计划如何规劝时，他交出一篇文章，篇名是《时代の更生》。他们将这视为转向。不久后，他减刑出狱。转向一词，在这最后的抵抗者安然放弃后，成为历史名词。尽管《时代の更生》一文手稿不翼而飞，无人察觉，也无人追问。

他回到妻女身边时，像是没有经过那些年的牢狱时光。

监视的报告当中，他成为良民。他只利用剩余的力量，写下一些东西而不被察觉，是关于思想的不成样子的文章。他将这些手稿放进一个档案袋里，在最后一次的逃亡前，藏在一个秘密的地点，等着外甥发现。

他没有对外甥说，他还是找到方向了，只是自己已经去不了了。关于这点，他没有一点不甘愿。

跟从与失踪

（一）

"伊失踪矣。"

阿宽在心中演练无数次，他期望，如果有一天，当他接受审问时，无论多么残酷而无望，他要坚定地把这句话说出。用闽南语说。

起初做这决定有点苦涩。要壮大胆子，想象自己的骨气以及义气，在最艰难的状况时挺起腰杆。他宁愿豁出去。除了澎湃的理由，也是有点厌倦了。毕竟在那事件之后，多少日子的委屈与胆颤心惊。他的悲观性格与生俱来，加以命运调味，对于各种痛苦的假设，他已习以为常。像是属于他的冥想练习，能将所有最意外的、最恶意设局的、最荒谬的、最平庸的、如泰山崩于眼前的、轻如鸿毛的、超现实的、如梦似欢般的、善意的、凶恶的、陌生的、遭人背叛的，各种可能的情况，在脑海里以最慢的格数与最大的细节演练。他甚至练习到，可以想象千万人以上的集体审判中，每个人的五官形貌与表情，细到建筑墙壁表面龟裂的细纹，阳光的角度与空气的湿度及气味，角落里小蜘蛛结网拉出的银白的丝。然后在这徒劳的造梦情境，将各种差异最大的情境（每个情境都犹如一个完整的世界）塞在他的脑袋里，他要对着无数变化的假想，用相同的口吻说着同一句话。他不倚靠镜子，仅凭自觉，塑造脸上的表情。因为那句话只愿意说一遍，只愿意对这世界说这么一遍。因此，即使四下无人，他也从来没有真正开口说出来过。

这句话只存在于他脑海中。无数练习只为了"有一天"，以某个特定的姿态，以固定的声量、抑扬顿挫、呼吸、口腔的肌肉颤动与共鸣说出。然而，他花费一辈子最大想象的，"自己说出那句话的模样"，当中的任何一部分，从来没有实现过。由于这种坚持，他以绝对的谨慎，把整件事变成"非现实"了。

矛盾在于，他彻底相信这一天必然会来临，以至于这无数重叠在他相同言说上的差异影像，透不过光的厚度，在某种意义上比回忆还要可信，并微微超过了现实的重量。

到后来，这份苦涩已随时间洗净。这想象成为一种慰藉。

他没有发现，正因他如此周到的设想，过度的模拟，使得这件事永远不会到来。也因为永远不会发生，他会继续去想，耗尽他所有的想象，迎接那一日。如此度过一生。

二

后来的数十载，他回家都没有固定的路径，也没有固定的时间。他的妻，莺，对此毫无怨言。她称不上是温柔体贴，也不勇敢坚强。她出生的家庭，在清朝时就是地主。还是日本人治理的时代，她便已上过幼儿园，读过静修女子中学。换句话说，她是识字的、受过教育的女性。

在谈论到她的婚事的时候，她说她最欣赏的，是有学问的人。在旁人看来，身为千金的她，以及她的教育，嫁给一位书生十分合理。然而实际的情形是，在他们初次"见合い（相遇）"时，阿宽便一眼看穿，在她大小姐的外表下，内心是异常的平凡，甚至接近庸俗的灵魂。若换作他人可能有些失望，然而对于悲观的他来说，这是再恰当不过的对象：这名女子，缺乏想象力。

她从不过问他的行踪。不论他几时回来，她照常张罗晚餐，相同乏味的菜色，毫不耗费多余的心思。于是对他而言，回到这样的家相当有安全感。每当他回到家晚了，桌上只剩少少几样菜，菜看冷了，被孩子们吃得杯盘狼藉，他一点也不介怀。他默默享受着这独自的时光，孩子们的吵闹犹如他的背景。他会独自收拾碗盘，在厨房洗净，然后回到书房练字。

　　　　　　　　　　　　　　跟从与失踪

没有想象力，没有激情，没有嫉妒也没有遗憾。对于这样的妻子，他其实羡慕不已。

许多人以为，以教书为业的他，必然看重对子女的教育。关于此，他只想当个守望者。像是那本美国小说里所写的，自己要站在悬崖边，如果有任何小孩可能冲过来，都要把他们拦住。无论如何都要在，都要拦住。其余的，都交给妻子，而妻子对教养丝毫不费心思。他一直留意子女们的思想，尽管次子稍微叛逆，与他年轻时相似，可总还在安全的范围。他依旧当个寡言的丈夫与严肃的父亲，每天固定时间去学校，不固定时间回到家。

他喜欢在睡前跟妻子说，今天会晚回来，是因为在某个巷口，看到哪个埋伏在矮墙后的身影在跟踪他。那身影是如何穷追不舍，他才甩脱了一个，马上有另一个接应。他对她形容，那是怎样的眼线。是怎样的身材，怎样的五官外貌，怎样的衣着伪装，更重要的，是用怎样不起眼的方式跟踪他。而他是怎样从他们躲在帽檐或眼镜下闪烁的眼神，或是脚步的不自然，甚至他从他们的唇语读出端倪。他是如何冷静从容，不动声色地，在三重埔的老巷弄中拐弯行进。他不急着甩脱，只是踏着自己的步伐，像与影子跳舞，有时拐进窄到只能侧身通过的窄巷，有时直闯死巷却发现到底处别有暗道直通他处，有时穿过羊肠小径竟柳暗花明敞开一大片无人空地，他更擅长钻入一间间已成废墟的楼房。他说，那些跟踪他的人任务很简单。就只是盯梢，看着他，找出他的破绽，并不是要直接来抓他的。他们等着他自投罗网。所以他作为一个被追踪者，并不能逃，逃了就掉进陷阱了。他能做的，就是用各种方式，让这些得在暗处进行的视线曝光而无所遁形。最好的方式，是彻底迷路。他对妻子解释，迷宫不是一开始就存在，必须不存在。在他迷路到最深入，走到绝路之境时，一瞬间造成的。迷宫将他与世界隔离开来，也将跟踪者的视线阻绝在外。迷宫的设计是不可见。他日日练习，已建造又摧毁无数次这些迷宫。如此，他一路存活至今。

至少在他的版本里，他每次都成功逃脱了。仿佛他每天行礼如仪地去学校教书只是幌子，实际上他真正的工作，是与这些前仆后继的跟踪者游戏。

每一回听完他讲完故事，莺都会打着哈欠，用梦话般的口气回应：

"敢有影？敢毋是你乌白讲？"*

每当他听到这话，他总会感到欢喜。像是得到某种允诺，安心睡去。他后半生惶惶终日，所幸总夜夜好眠。他归功于娶了这样的妻子的缘故。

---

* 真的吗？怕不是你瞎说？——编者注

三

阿宽与妻曾有一阵子时常冤家。彼时他刚找到教职，在一间刚成立不久的初级农业职校教授英语。才落脚六张犁没几个月，就嚷着要搬家。妻子莺不谅解。

毕竟前些阵子，当他开口说要离开新竹时，便引起了一场家庭风暴。大家认为，家里花大钱栽培去日本读书的阿宽，实在不应该在下份头路还没着落时，就毫无理由放弃新竹中学的教职。宽的母亲，尽管身躯矮小，深居简出，仍是以一族之长的身份出面解决。她在祖先牌位前，公开训斥阿宽一顿。母亲打了他一个耳光，赶他出门，实际上是默许了他的决定，都为此演了一出戏，好不容易稳定了，他却又决定要搬走。

跟离开新竹时一样，莺软硬皆施，哭闹或要挟或冷战，皆丝毫动摇不了固执的他。她其实信任他，至少不反对他。阿宽是读书人，说话算话，他总是在月初一拿到薪水袋就立即交给莺。寡言无趣，却无比正直。

莺只是想知道原因。

许多事情她不会追问，这是她这个人身上最美好的质性。偏偏是这回，她喉头有个不知名的苦涩，无论如何都吞不下去。她想要追问得水落石出，像是积怨已久，一次就好，只要他能给个交代，他们夫妇可以一直用相同的方式活下去。她想着想着不禁委屈，不是因为穷困，不是因为有个失意的丈夫，是因为一个小小的，至少表面上合理的交代，甚至是借口，欺骗也好，但他也不愿意给。

在她濒临极限之时，以为永远不会有答案，即将决裂之时，他却在某天回家，默默吃完晚餐后，没有走进书房，而是到床边跟假寐的她说：

"想欲搬厝，是因为团仔半暝会哭。"*

冷战了许久，他终于说出这些话。

的确，他们搬来后，长子与长女哭泣的次数不寻常。莺本身好眠，偶有困扰，但不至于无法忍受。她知道阿宽浅眠，即便没有儿子夜里啼哭，他也经常噩梦惊醒。或许因为孩子深夜啼哭，或许不适应，但终究不是大事。她没想到这会让平常冷静内敛的丈夫如此介怀，以至于经过长期的冷战与拉锯后，听到了这句解释，她一时之间无法反应。

"伊是认真的。"她想。

她不再纠结，决定休兵，不逼迫了。不过她还有点想法，剩下最后一点事情需要确认。

一天下午，她将两个孩子托付给邻居，然后抓了一件丈夫的大衣与帽子匆忙离家。

穿着不合身的衣帽走在路上的她，并不确定自己想弄清楚

---

* 我想要搬家，是因为孩子半夜会哭。——编者注

跟从与失踪

什么。

她走到丈夫的学校外头。站在路口另一端，她偷偷看着学生们群群离去，接着是教职员一一走出。黄昏了，电线杆上拉出的影子越来越长，直到没入了黑暗。直到校门快要关上，她才看到丈夫的身影从学校走出。

阿宽的身影比她印象还要矮小、猥琐。她想象中，丈夫应是受人尊敬的英文教师，离开了学校，竟是如此落寞。没有任何人与他搭话，说声再见。她有点迟疑，她甚至觉得眼前这位男士是个陌生人，昏暗中五官都是模糊的。远远看去，他的眼睛凹陷，鼻子扁平，唇薄却仿佛露出异样的笑。

她不自觉地跟着这名仿佛陌生人的丈夫。

她想起阿宽在睡前总说着同样的话，关于他怎样被人跟踪，又怎样甩脱的故事。她不是不愿意相信，是因为阿宽说这件事情的语气，不是要说服她。反倒是暗示她，这一切都是谎言，都是梦，都是他为了取悦她（可是她听到一点也不快活）或是戏弄她（可是这有什么趣味呢？）。他为什么费那么多心思编造故事，编造自己被跟踪，又像期待着她否定？又为什么，从来不肯多说他被跟踪的原因？

但此刻的她，也成为阿宽的跟踪者了。一回神，阿宽已经远离巷弄，往山丘走去。她担心，如果跟丢，不仅是真相的失落，她恐怕真的会弄丢他。她不再在乎他有秘密了。她更害怕的，是他的失踪。她已经把"他有没有被跟踪"或"她跟踪他会不会被发现"等念头抛在脑后。此刻，她仿佛看到他"正在失

里面的里面

踪"。都无所谓了，她想。她升起一股勇气，是此生最为强烈的母爱。阿宽在她的心中，成为她的孩子。

"乍见孺子将入于井……"她喃喃念着。她过去在学校被逼着背下的句子，在空白一片的脑袋里反复放送。她没有心情去回想这句话的意义，因为阿宽越走越快，一闪神就会跟丢，而她也早就忘了回头的路了。

不知不觉他们已经越走越深了。阿宽前进的方向与返家的方向相反，于是，他们周围越来越荒凉。他们走到一片荒芜的山丘上，到处杂乱以石头与木板插上泥土作为墓碑，上头的字模糊令人不忍看。

莺感到非常哀伤。她忘了听谁说过这个地方，可是亲自走到这里，心中充满难以言喻的痛楚。这种令她喘息不过的悲哀，是她经历丧子之痛时才有的痛楚。犹如她先前夭折两个儿子时所感受到的彻骨之痛。

一座座散落的墓，像是潦草的字迹，写着无言的叫喊。这些土地下躺着的，无论男女，无论老少，无论哪里人，都是天地间夭折的孩子。

她提醒自己冷静。她任由心脏剧烈地跳，看着丈夫。丈夫行走在墓碑间，非路之路，皮鞋陷在泥土与枯叶中。他神情肃穆地一一确认墓上的名字，不死心地辨认那些字迹。他喃喃低语，不知说着什么。

"蚤起，施从良人之所之，遍国中无与立谈者。卒之东郭墦间，之祭者，乞其余；不足，又顾而之他。此其为餍足之道也。"

良人。她陌生的丈夫，在这无主孤坟里，以他的方式祭吊。在这陌生得令她害怕、几乎要尖叫出声的情况里，阿宽突然停下了一切动作，在山丘的高处眺望着前方的乱葬孤坟。像是确认了什么，也像是放弃了什么。她猜到阿宽的心事了。她知晓阿宽想找的人是谁。而他是多么焦急想确认他要找的人的名字不在这些字迹难辨的墓碑里，又如此茫然地确认这份不存在。

最后，他肃穆的双手合十，对着所有的孤坟行礼。丈夫变回那张她熟悉的脸，她知道他准备回家了。若还不想走，她可以等。不要紧。

良人，良人。她心里不断响起这两个字，无比温柔地。

想起来了："良人者，所仰望而终身也，今若此。"

他们没有在这话题上角力了。好像，在她不需要解释或交代后，他也就不坚持己见了。他找到了新的教职，全家搬到了三重埔。

此后，团仔半暝袂哭了。

阿宽仍然会在睡前说自己今天怎样被跟踪了又怎样甩脱。她依然听着，只是自从那回过后，她就没有再跟踪过他了。

四

　　他是严父，却吝于教养。于是造就了距离。

　　孩子们都知道父亲是有学问的。家族间谈到他，都相当尊敬。他在高中教授英语。他私下接了许多翻译外快。他写一手好字，毛笔或钢笔。他将英文诗翻译成日语，但从未给别人看过。他作汉诗，写日记。这一切，都在他的书房里独自进行。

　　他没有意愿传承他的才华，像是他一生所学毫无用处，亦像是自己的儿女并不是他所愿馈赠的对象。他虚掷光阴，把自己弄成落魄模样，江郎才尽。

　　事实上，他除了寻找教职的那段岁月外，再也没有多一分想要出人头地的努力了。他管教严厉，却不教导所有他拥有的任何才干。仿佛借由这样的不教之教，全盘否定自己所学。他灌输子女最为保守、实际、无华、可谋生的处事观念。像是若他的子女想要跟他一样"当个读书人"，他宁愿打断他们的腿，或宁愿没把他们生下来过。那般决绝。

　　于是，他的严厉，使得子女都受到良好的教育。可是没有一人重蹈他的覆辙，成为无用书生。儿子读工科，女儿读商科，当个有用的人。

　　阿宽的次子阿增，在多年以后，当他的儿子也已长大成人时，有一回意外发现父亲阿宽的秘密。这时阿宽已经离开世间二十年了。

那天，阿增经过儿子书房，听见儿子念着法文字母，突然唤醒他中学前夕的记忆。

那晚阿宽很罕见的把次子增唤进书房，说要在开学前教他一点英语。阿增战战兢兢，没有时间猜想父亲的意图，他听见父亲说：

"A念作'啊'，B，跟老爸的'爸(pē)'念作同款，C，亲像西方的'西(se)'，D，亲像喝茶的'茶(tê)'，E，亲像蚵仔的'蚵(ô)'……"

宽自顾自地讲，不管儿子的反应。增只好一脸困惑地跟着。他要儿子跟着念，再念，完全不纠正，只叫他一直重复。直到儿子不知道自己在念什么，喉咙哑了，他才放儿子回房睡。隔天，当次子增在中学上了人生第一堂中学课，才发现英文念法完全不是那回事。明明是一晚的事，却是决定性的。即便他很快忘了那晚父亲教的奇怪发音，英语却是怎么念也念不好。英文成为他一辈子的心魔。在高中当英文老师的阿宽，要求每个小孩要念书，要上大学。可是从来不亲自教导儿女英文。他的孩子们，在他的苦心下，没有一个精通英语。

经过多年后，阿增在听着自己的儿子念起法文，才恍然大悟：原来那天晚上，父亲教他的是法文啊。可是再也没有人能回答，父亲是什么机缘下学过法文的。又是怎样的理由，他会在那晚这样戏谑的状况下，教导儿子这个他这辈子都不会用到的语言。

五

    阿宽在领到奖金时，或翻译的外快领到钱时，都会带着他的妻子到双连一带找三妗*阿盆。

    他会带上一束鲜花，与一篮水果，穿着西装与皮鞋去拜访。妻子莺也会特别穿上漂亮洋装，盘起头发。这是这对教师家庭的平凡夫妇最为隆重体面的时候。

    三妗的四个女儿与阿宽交好，即使他后来以落魄书生的样貌过着余生，在她们眼中，仍是年轻时候那个前途不可限量的青年。在莺的眼里，这个缺乏男性的家庭，对于阿宽的拜访，像是迎接儿子般热情。

    她们围着阿宽说话，问他在学校的情况，或几个小孩的成长与性格。三妗会将花束解开，随手插在剑山上，或插在水瓶里，放在大厅桌上。她总是能拿出不同形状与质地的水瓶与水盘，像是有默契般，不管阿宽每回去花市挑了什么花回来，她都能将之安排在室内。仿佛吟诗作对。

    莺甚至有点嫉妒了。尽管她受过教育，少女时也被安排学习过茶道、书道、花道等，她仍然欠缺风雅。她对于阿宽的优

---

* 妗（jìn），舅母。——编者注

          跟从与失踪

雅气质无比向往。即使后来很老了以后，成为老太太的她，回想起来依然会说："嫁给阿宽，是因为他有学问。"

她没料到，后来的阿宽会如此憎恨自己的一切所学。以至于他的作为，除了赖以维生的英文之外，都像是在用力磨损自己的才华与天赋。他表现得跟她一样平凡。

大概只有在三姈家的时候，她有些嫉妒有些感伤地，瞥见丈夫那份在她面前隐藏的风雅。她问过三姈，她的花道是出于哪个流派，三姈则笑着说什么流派都不是。

她往往看得出神。在那花景的小小宇宙中，阿宽与三姈以及她的女儿们，退到了背景。这些花朵、花叶与枝茎，进入了另一种时间，无比缓慢的消亡时间。她看见花朵在抵御时间，又同时以自身的生命作为代价在重述时间。她觉得自己看见了，看见了，虽然她说不出来。

这时三姈就会打断她的思绪。三姈犹如仪式，每回都会端出一堆舶来品，女用鞄(かばん)、头饰、丝质手帕、蕾丝手套、女用圆顶帽、胭脂要她挑选。她不得不回来世俗时间，衡量着预算，如何不失礼地拿出一点钱，就收下这些比市值便宜许多的舶来品。她知道价格只是象征性的，实际上那就是礼物了。

她满心沉溺在这些漂亮的物事里，将画面以外的世界留给他们。对于他们此时低声谈论的事情，她一点打探的兴趣也没有。她只确信，他们离开的时候，丈夫会牵起她的手相当温柔地与三姈阿盆道别。三姈阿盆一家会怀着无比的感激，噙着泪，握他们空着的那两只手，再塞上一点小礼物。她与丈夫会稍微推迟，说不久会再见面的，不必多礼。但他们终究还是会收下那份心意。

她会在那莫名易感的微小悲伤里，紧紧握着丈夫的手。尽管有点罪恶，她仍会忍不住想，好在，自己的查埔人*不像三舅那样失踪。

---

* 闽南语，男人。——编者注

　　　　　　　　　　　　　　　　　跟从与失踪

六

　　博学的阿宽会传授给孩子的只有围棋与紫微斗数。

　　在孩子要进中学的前一个暑假，父亲便会召唤他们，在那两个月期间的白天，面对面在书房里独处。从长子开始，一年一年，直到老幺经历完这仪式后才结束。

　　在这之前，甚至之后，与父亲长时间独处，都是非常难得的经验。孩子记忆中，除了惩罚或训话，父亲与他们很少私密的互动。因此在轮到自己的那个暑假时，他们害怕又期待。他们当中无一例外，对于在那两个月里发生的事绝口不提。可是非常明显的，他们心智会在那两个月间产生变化，像是把捏好的陶土放进窑里，出来后就定型了。阿宽也会以某种满意的神情，看着这些成果。

　　这教育只在阿宽的书房里进行，两个月一结束，那扇房门便永远关上了。他不会再谈论这两项技艺。他不再与他们对弈，也不再提到任何有关命盘与宫位的事。尽管他会在朋友来访时，偶尔下几盘棋，他不禁止孩子在一旁窥看棋局的布局、厮杀、阵地的攻防。或是推算一下命盘，谈论一下某人的命运与流年。孩子们还有好奇心时，会在一旁观看，对照所学。可是他不会透露更多。他们渐渐觉得无趣，不久便不再在意。关于那两个月所学，如梦中风景，在进入中学后逐渐忘记。

倘若来得及问起，为什么选择这两样？又为何，半途而废地，领儿女进门，又弃之不顾呢？

他的子女们没来得及问他。即便后来他们终于知道父亲后半辈子恐惧的是什么了，他们还是不明白学习这两项技艺的用意。究竟是觉得那有用，还是无用，所以教之？

也或许，他曾一度思量着什么，只是无从证实了。但他们都猜想，关于没有人继承他的思想与性格，他是无比宽慰的。包括这无用的技艺，忘了最好。

七

他内心最大的恐惧，是三舅回来找他。他经常梦到，在直射他双眼令他目盲流泪的白色强光中，遥远的一小块色块的人影，模糊得分不清楚是靠近还是远离。他因此也愣在梦境里，不知道是要向前追上，还是向后逃跑。这梦境已经熟悉到他后来已经很清楚那是梦了。每回梦到，他都会久病成良医一般，强迫自己醒来。虽然熟悉，每回梦醒，还是让他汗湿满身。

他半是无奈半是自责，尽管这梦境没有再更多了。他像是永远被困在那里一样，即使醒来后，他还是一直躺在床上，漫长地等到天明。他觉得自己的灵魂还有一块留在那里，从来没有回来。困在同一个梦里，醒在同一个梦里。

他听说三舅死了，饿死的，或病死的，不太快乐地死去了。

他不太能理解的是，为什么从前，信仔阿舅能够神出鬼没，能瞒天过海，能死里逃生。信仔有无数的身份与乔装，在各处秘密行动，在厦门、在上海、在香港、在东京、在京都、在基隆、在台北、在新竹、在高雄。信仔擅于在各种暗处行动，钻进影子的缝隙里策反与煽动，也勇于在光天化日下直闯难以侵入的地点，在被警方通缉期间仍活跃四处。甚至连牢狱也限制不了。信仔阿舅该是全世界最为自由的人，最多故事之人。

崇拜这件事，他当然说不出口了。他偷偷读着舅舅推荐过的书，接触过的危险的思想，小心翼翼地。他向往，却裹足不前。何况，他的下半辈子就锁死在这岛屿上了。他不敢回忆在日本留学的日子，甚至连日本人殖民的时代也不太愿意回想。他认真学汉语，除了教书需要外，也基于某种挥之不去的焦虑。他担忧被拆穿。

他总是感觉，在那天，旧港上送别了阿舅之后，日子都像假的。

他一辈子为了守护那个秘密而活，包括收到三舅的死讯时。他甚至恼羞成怒，在三姈面前失态（她怎能接受这是"事实"呢？）。他亦没跟母亲传达这讯息。一直到母亲弥留，嘴里喃喃念着信仔的名字时，他才恍然大悟：原来母亲早就知道信仔过世了。只是她与自己一样不开口。他想，不说出来，就真的能觉得他还活着吗？或是，不说关于信仔的事，其实是不希望他还活着。让他归于沉默，与死亡无异。

他们以为不去谈论信仔的生死，便可以悬在那里。可以想象他千百种躲藏的方法。

只是他们都没有去说。不管是有凭有据也好，凭空猜测也罢，他们什么也没说。

原来，是自己把信仔阿舅的故事终结的。可惜的是，真要他说，即便赋予他能安全说出任何话语的条件，他也说不出任何的，关于那之后的故事了。

　　　　　　　　　　　　跟从与失踪

八

在那次最终逃亡之前，阿宽就已经是信仔阿舅的共犯，从非常小的时候开始。

他帮忙过跑腿送信，送过档案，也带过口信给他不熟识的人。他相当配合，没有多问。他知道这种信任的意义。在这秘密的关系甚至共谋里，他获得超龄的早熟。很奇怪的，也许三舅有意为之，这份早熟并不使他世故，也没有带来伤害。只在很久很久以后，遗忘终焉时，才感到不知名也不知何处而来的闷痛。

至少，他当时是快乐的。他清楚，如果克制不了好奇心，拆开了信件，或多问了一句，与那些人做了不必要的接触。那些隐匿的事实，仍然会在重重的保护与编码中安然无恙。他不会被惩罚，毕竟信仔阿舅早就做好万全的准备。阿宽只会被排除在合作伙伴之外，被安放回安全的大街上，再也接触不得。这对于他而言，就是惩罚了。

他自小最大的游戏，便是追着阿舅的影子跑。他学习辨认阿舅刻意留下的踪迹，哪些是误导，哪些是暗示。他甚早学会阿舅的技法。信仔阿舅留下的痕迹往往不是曾经，譬如他待在哪里、接触过什么人、说过哪些话、组织过哪些事。信仔留下的痕迹，暗指的是未来。所以追赶的意义也在此。一旦辨认出他留下的痕迹，必须与时间赛跑。不是因为痕迹证据会消失，而是因为你若不赶在那之前破译，并早一步到达，阿舅就会赶过那符号，到了更远的地方去了。

倘若掌握得当，会像是心灵默契般，仿佛不经意地，在指定的时地会合。像是舞台的灯光亮起，演员早已站定，说出各自的台词，做该做的事。故事继续，在观众眼里一点破绽也没有。

他完成过许多次，并以此为傲。年轻时，比起他读书上面得到的关注与荣耀，他更得意于被挑选出来，帮助三舅完成任务。这些任务没有掌声，没有观众，甚至危险、辛苦与神秘。他一直借由这样的方式证明自己是独特的。然后，在最后一场戏，那个他此生不再踏上的旧港上，他不确定自己有没有来得及赶上，表现称不称职。不论如何，游戏已经结束了。

剩下的，是他的成人生活，是他的余生。

抑郁不得志。后来，包括他的妻子与子女都这样认为了。他的人生可以总结于"怀才不遇"四个字。他没有辩解。他没有不得志，至少他自己这么想。在那向往的身影消失在旧港后，他的人生已经再无志愿。他剩下的，是守护的意志。守护着那尽管渺小、尽管世俗，却攸关他尊严之事。他愿意放下笔，抛下书，抱紧属于下层结构的万物，与苍生同列。尽管如此，他真的没有不得志，真的没有。

那更像是一种惶恐，一种茫然，舞台灯突然暗了，幕落下，主角消失，没有人告诉他戏结束了。以及，结束了他该怎么办。

他不知道自己该扮演什么角色，也不知道舞台在哪里。他曾经以为属于自己的时代终会到来。在历史的舞台上，曾经有个身影离他那么近，近到他以为自己也参与其中了。然而不论是三舅或是他，终究被历史扫进了垃圾堆。

他的时代没有到来。他只能勉力跟上新的时代，学起了新的语言，扮演着被分配的角色，却始终不明白自己是谁。

九

那年"二·二八"的前后，阿宽宛如失去三位至亲。

第一位是他的父亲，长期肺病的纠缠，总算让他咽下了最后一口气。

第二位是他的舅舅，在阿宽的掩护下，就此失踪。

第三位是她的母亲，从此之后几乎不能言语，活在她自己的房间里。

母亲过世后，阿宽自愿整理房间遗物。发现除了五斗柜整齐折放的衣物，木头混着樟脑的味道已经消散。一套棉被与枕头。一串念珠。此外空无一物。他觉得自己的存在，是侵犯了整个空间。他退回门前，双手合十，对着房间拜了拜，小心地拉上门，不发出一点声响。

后来他习惯了，那些跟踪者，实际上不能再伤害他半分。他已为自己的生活服丧，漫长而没有期限。他宁愿继续当作信仔阿舅是失踪，以免夜长梦多。毕竟他的夜晚已经够长，再下去就没有尽头了。时光推移，没有人来抓他，也没有人来问他。终于，他完成了遗忘。直到看到了母亲的房间，他才体悟到，除了舅妈外，母亲也是与他一同守护秘密之人。

他记得小时候，原来就不爱出门的母亲，总是能知道三舅人在哪里。她说着一些她这辈子不可能去过的地名，或是她不可能接触的人。她犹如亲见，说出她的弟弟现在在哪，与哪些人在一起。

在"二·二八"之后，她几乎再也不说话了。原本就矮小的她，缩进了自己的房间，即便是过年，也让人送饭进房门。婚丧喜庆或裁决大事之外，她几乎不露脸。唯有这样，才能真正地隐匿。直到所有的追踪，到头来只会发现，追踪者自己的痕迹都比他们追寻的目标还要深。若坚持下去，只会陷在自己制造出的追寻痕迹里，而从此无法脱身。

阿宽唯一欣慰的是，他原来以为，那会是个阴暗无比、空气混浊的房间。然而亲自走进去，房间如此干净明亮，几近透明。他放心地与母亲告别，就此别过了。

通译者

那是一个理想的国家，崭新的、充满机会的，任何出身都可以闯荡的新国度。

1932年春，若不是当时信仔已经被捕入狱，阿仁会希望弟弟放下那份事业，随他来"满洲"看看。他会一边拿着报纸，指着上面的照片，那位现在叫作"执政"的宣统皇帝，对他说：

"伊共我讲过话。"

他相信人是有皇帝命的。就像弟弟信仔有英雄命一样。他第一次见到皇帝是在1931年年底。于旅顺，他站在土肥原大佐的身后负责翻译。

前不久，皇帝居住的日本租界张园，有人送来一篓鲜货。盘问之下交代不出原因，守卫请示长官，决定拒收。回头却发现送货者已不知去向。那篓子特别沉，一掀开，放着两颗炸弹。惊动了日警，也让土肥原大佐带着亲信赶来。他们对皇帝说："乃国民党之所为也。"

他们说服皇帝，国民党希望在日租界内引起纷端，掀起民族主义，将日本人与旧清势力驱逐。

于是他们护送皇帝到旅顺，安排一栋洋楼给皇帝落脚。他记得除了土肥原大佐的人马外，见到皇帝的那天，还有位非常老非常老的先生，穿着打扮还是清朝模样。他们说他是罗振玉，清朝遗老，非常有学问，皇帝很倚重他。大佐希望罗振玉与孙孝婿可以说服皇帝，为了大局着想，应该接受日方的提议。待得理想国成立，关外的秩序得以稳定、繁荣。无论汉人、日人、满人、蒙古人、朝鲜人，更多更多的人可以来这里，做着满洲梦。

在这关键的历史时刻，他恍惚着。作为一名中日之间的通译者，在最好的状态，以自己的嘴，转达着大佐的话语给皇帝。他感觉自己是透明的，最好是透明的。在每一次通译间隔的短短几十秒钟，所有人凝神听他说话，阅读着气氛，面部肌肉细微的抽动。他在场，他想，但又不像真的在场。像走进别人的梦里，张口却没有人听见，没有人回应，没有人发现他在场。

通译的场合总是这样的，刚踏上这条路时，太在意斟酌语意，说话太生硬，犹如初学异国语，支支吾吾吐不出半个字。

他原没想过当起通译者的。最早，渡海前来时，他在天津日本邮务局担任中日沟通人员。他虽然胸怀大志，却始终自知才疏学浅。能离开台湾，处理邮务间充当转译，他安慰自己，这也算天生我材必有用。他总爱挂着这句话，却以为自己没别的才能。若不是有了机缘，他这辈子可能都不会知道，自己不仅有特殊的才能，而且参与着历史。

当了一两年邮务员，习惯了北方的水土风俗。一日，他在台湾友人转介之下结识先辈李汉如。李汉如是读书人，过去曾与日本人伊藤政重创立"新学研究会"。他写文章，在《台湾日日新报》任职多年。汉如先生虽然不是台面上一流人物，但他积极来往于商界政界，奔走于国民政府与日本当局间。在台面之下，知晓内情的群体中，也是受人尊敬的。就在汉如先生的引荐下，他辞去职务。从此在政商要人宴客场合当中"敬陪末座"的位置现身。

最初的入行规则，都是汉如先生教他的。要成为像样的角色，愈是有抱负，愈是千万要忘记自己的厚度。在通译的场合，要学会把自己切得薄薄的，透光，透气，但是切勿妄自菲薄。汉如先生且提点他，回想庖丁解牛之道理，如何"以神遇而不以目视，官知止而神欲行"，如何"以无厚入有间"。还有，最重要的，若欲事成，必"善刀而藏之"。

他入行后很快地胜任这工作。每回有他在的场合，谈事往往顺利。他鲜少在大场合担当要职，多半是陪衬，以备不时之需的情况被带去。他谨守分寸，尽力让自己薄如纸张，所有透过他的话语，皆干净透明，让人忘了隔阂。

他见过许多人，譬如洪宪六君子杨哲子、浙省总督吕公望，亦随着黎元洪走往数个政商场合。才经得数月的磨炼，在天津日租界经历过几次大场面，他已十分熟悉处世之道。只是他有时觉得自己终究不成大器，他就是庖丁手上的那把刀，任人用了都上手。那也就罢了。

他已经习惯，人明明在那里，却没有人问起他是谁，他从哪来，是哪国人。包括来往频繁的日本人与中国人，大部分的情况下，他不被视为任何一方。他代表过日方，也代表过许多中方不同派系人马的通译者。他是中性的，无论与谁工作，都没染上雇用者的气息。他并不志得意满，亦难肯定自己。经过几年，他已放弃任何做大事做大官的念头。可是他冀望，若是可以，有朝一日能见到和平，无论是谁，都能共处与繁荣。

可惜他嗅觉如此灵敏（否则也无法在这行里得心应手），他知道害怕冲突的自己其实生不逢时。他活在最多冲突的时代，流落在最多冲突的地点，面对最多冲突的群体。顺着通译者的工作需求，他愈来愈频繁地在军队之间沟通谈判。

不仅天下太平不可指望，他如此深地嵌在时代当中，内心也难以平静。他经常胃痛与神经衰落，夜夜噩梦着战争爆发。别无选择，他只能每日吞着痛苦，打起精神在众人间，作为一个声音，却仿佛不在场。他说服自己，既然天生我材必有用，能为人所用，必有其意义。别无选择或不选择，都是种选择。是他的选择，成为一个称职的人。

他其实已经累了。乱世在哪，他就在哪，陀螺一般旋转着，打着、甩着，却知道不能停着，停了就会倒了。他更怕自己一失手，造成更多生灵涂炭，亦担忧站错了边，成为通敌卖国者。他更忧心的是，到底，卖国贼的帽子，是被日人指控？还是被国人冠上？

他说的话越多，越觉得自己无话可说，内心里，是彻底沉默了。这样也好，他想，有了想法反而碍事。工欲善其事，必先利其器。自己的想法与情绪，甚至他任何的标记与身份，都可能钝了这把刀。有一晚，他想起"唇枪舌剑"的典故，喃喃念起："凭着我唇枪舌剑定江山，见如今河清海晏，黎庶宽安。"如今，他的唇舌亦是枪剑，然而江山未定，苍生未安。不禁悲伤，压抑着放下一切归台念头，不背对命运。至少，一件事就好，证明他离乡数十载并非白费。

以至于，当着众人的面，谈论国之大事，牵动中、日、俄之形势的场合，前清朝皇帝直接对着他说话时，他一时之间哑口无言，不知如何用"我"接受话语，并以"我"回应皇帝。他刹那间冷汗直流，甚至以为自己会人头落地，就此丧命。

他记得，当宣统皇帝即位时，他刚在私塾里习字。他偷偷捡了大人看完的报纸，艰难地辨认汉字。配合着街坊邻居渲染的耳语，既熟悉又陌生地谈论起小皇帝的故事，愣愣地听着慈禧太后、光绪皇帝这些名字，他只专注地想象小皇帝的样子。他逗弄着两岁的弟弟，一面寻思，同样是丙午年出生的弟弟，一辈子都不可能当上皇帝吧？命运这两个字模模糊糊的，就像后来他终于看到的，小皇帝的照片，脸鼓鼓的坐在那里，一双眼看着前方，不知道迎接在眼前的是什么。

到了辛亥革命时，他认识的字更多了，也拿起日本小学校课本，试着追赶上同年龄日本小孩的进度。他可以凭自己的力量读起日文报纸。他略去其他的讯息，追问着小皇帝的去向。弟弟信，这时刚进小学，展现他更为聪颖的天资与领袖气息。他一面看着，一面想着退位后仍在紫禁城的小皇帝，

当时大佐与皇帝身旁的幕僚已经将情势利弊分析过一轮，

通译者

等着皇帝点头。皇帝表示刚受过惊吓，一时间混乱，国之大事，不得轻率决定。大佐与幕僚神色凝重。皇帝毕竟是皇帝，明知他终究是个遭人利用的傀儡，然而威严还是有的。众人猜测皇帝的想法，或许他正想起自己幼年登基与退位，或是丁巳复辟那短短十二日。对于满洲这块祖先之地，究竟怀抱什么想法，无一人知。

阿仁想得出神，思念着亲弟信仔，忽闻皇帝问起："你是打哪儿来的？"

他自浮想惊醒，还想将这句话翻给日本人听。却发现皇帝的一双眼正打量着他，若有似无地微笑。他张口无语，支支吾吾几个无意义的声音后，脑袋发热的回答："微臣乃福建漳州人也。"

没有人敢笑，或是责骂。阿仁话才出口，才知若要追究，恐怕后患无穷。情急之间他避免透露台湾人身份，祖先虽是闽南人，踏上故土后，未曾游历江南一代。若欲追问，不但无法隐瞒，更犯了欺骗之罪。而妄言"微臣"，不但弄巧成拙伤了皇帝自尊，也可能日后被日本人审问时，成了"叛国"的证据。

他脑袋一片空白，不确定自己是否处于幻想中。

大佐与皇帝又开始说话，刚刚令他慌乱的问话仿佛没发生过。

惊慌过后，他无心理解内容，下意识地翻译，像个机器般。话语开始加速。渐渐地他忘记所处的危机。他嘴巴越动越快，舌头在嘴里弹跳，不受他的控制。口腔里满是唾液，舌头像条泥鳅在嘴里滑动着，他忍不住多了手势与动作。他的声音与口吻像极了说话的人，若是闭上眼睛，仿佛听着土肥原贤二与板垣征四郎说起中文，或是皇帝、罗振玉一口流利地说起日文。

原本阿仁并不是唯一一个通译，甚至不是官，只是在陪衬或是助手，帮助沟通顺畅。但这时所有人，不管是略知另一个语言，或是中日双语都熟稔、同样是出生台湾的谢介石，都退开让位，仿佛他是主角。所有人着魔于他的表演，忘记了语言的隔阂。有时即使双方熟悉同一种语言，也未必没有隔阂。何况这种一念之间牵动百万苍生的场合，计算不可免，一点语意或语气的差异，皆可能导致误会。他一向战战兢兢，这时却喧宾夺主，像个杂技演员，抛接着所有话语，轮转在手中，在他的上空成为一幅让人目不转睛的动态图景。若有人注意，会看见他双手以极快的速度，丝毫不沾地接到话语又抛了出去，干净得犹如语言原本就是那么透明。

他看见了透明。在场的人，只有他看见。从那回开始，他便无法不看见那透明。他说话，透明出现。透明穿过他自身。话语原来是混浊的、有色的，甚至有时候，话语还有味道。他通译时，却净化了语言，将言说者的心绪澄净，成了一个只有他看得到的透明空间。所有人在里面，都仿佛徜徉在夏日的冰凉溪川，或像雪国里冒着白烟仙境般的澄澈温泉。他看见，确实看见，在那里，透过那透明的语言空间里，他们享有暂时的，随即忘记的欢愉。而他也看见自己的透明，他看见语言两端的人，说话者与听话者，他们的眼里并没有他。他看见透明与自己的透明，犹如他人看不见透明亦看不见他。

他的情绪激动，同时冷静。他那一刻体会到，死亡或被遗忘，原来自己并不害怕。如果可以，他愿意一直说着话，愿意多学几种语言，英语、俄语、满语、蒙语，一辈子不再说自己的话，只用自己的嘴澄滤他人的话语。

皇帝这下也忘了他，眼里没有他了。不过罢了，天地之悠悠，少时理想与抱负有如幻影。他本没有资格在大人物眼里占有任何位置。生于世乱国变之秋，在千古风流人物间，亲历与目睹国际事件的秘闻，原就是他不可奢望之事。只是没人看见，没人记得他，于是将来，也没有说出来的必要了。反正不会有人相信这无名小卒的话语。他在失去意识前，为他目前为止的人生下了结论：经历了这些不可思议之事，他付出的代价很小，很小了。

他记得非常清楚，因此接纳了发生在他身上的事。他已经见过，也将见到更多的，关于代价有多昂贵这件事。

那天结束，他足足躺上了两天，发着高烧，呓语不断。据说，他这段期间，说着清楚的梦话，却没有人知道那是哪里的语言。他的跟班相当好奇，偷偷地找了几个人来听，竟无一人猜测出他说的语言。他且切换了不同的声调，也仿佛说了不同的语言，跟班们敬畏不已。关于他的耳语，在底层流窜着。

阿仁醒来以后，感觉死里逃生，同时混着欣喜、惆怅、恍惚、心有余悸的情感。他隐约想起过去未曾细想的事，被封锁的记忆呼之欲出。他冷汗直流，也许没人相信。那日的场景，在他突然迸发出的能力下，影响了整个会谈的结果，也影响了历史。

可怕的是，他感觉这不是第一次。不是第一次他让语言变得透明，让语言把自己变得透明。而这透明，让世间原先不透明、不可见的东西变得可见。让事情发生，无法挽回。

有某个回忆呼之欲出，令他相当难受，但似乎有什么力量阻止他想起。正当只差一步就能唤起回忆之时，门外突然有人来访。

那人外表温文儒雅，眼神里透露着理解。衣着低调，身边只有一位仆役。

　　　　　　　　　　　　　　　通译者

访客自我介绍，乃东北名士赵仲仁。这个人阿仁听闻过。赵氏乃呼伦贝尔交涉员，亦是当地实业家，与众多势力互有来往，也与日人交好。

他一开始如大梦初醒，愣愣看着这位人物。只是赵氏一开口，他便理解此刻两人会面的理由。赵氏开门见山说道，关于阿仁在工作上的表现，他早已观察许久，甚为赞许。几年间他打听过京津一带的协商者，对于阿仁的品性与能力，乃至天命，皆十分看好。如今来访，已不仅视之为一名通译者，更需要他在场那份临机应变，能化险为夷的协商能力。换句话说，赵氏的来意，是希望阿仁到他身边工作，成为一个交涉员。

在赵氏进房之前，他内心正在死胡同里。心志动摇，甚至想就此归隐了。赵氏却在此希望阿仁切莫妄自菲薄。干这事业未必会飞黄腾达，亦非享有荣华富贵，有时还在阎王面前闪躲，一不小心就归天。赵氏说服他，古有烛之武退秦兵、有毛遂自荐、有苏秦为六国宰相、有张仪连横，当今世道岂不乱世哉？大丈夫于世，若不立下一二件不朽功名，岂不有愧于天地？

在阿仁离开台湾的日子里，有许多知遇之恩，介绍他机会，但这是第一次有人如此恳切说服他。具体来说是什么他不清楚，至少是"别的事"，是"大事业"，可以令他如同过往对自己的期许那般，对天下有所贡献。

他虽在危境中讨生活多年，紧邻战事，随时有杀身之祸。今早一经细想，尽管尚未通彻，也隐隐感觉，一路以来，若非命不该绝，他早已成无名冤魂。经过这几年，他终于承认自己是贪生怕死之徒，无法像弟弟信仔如此随时有舍身觉悟。好运总会用完的。他自认渺小而易被遗忘，实不该再冒险于求取功名。

赵氏的一席话，却让他消解疑虑，明白自己的价值。犹如醍醐灌顶，茅塞顿开。

他收拾行囊，写了三封家书。一封给留在天津的妻小，要他们照料自己，并安排后路，必要时先回台湾，勿多逗留；一封给大姊，盼她勿挂念，弟弟与他为着不同信念拼斗，然而都是存有一分善念。这封信未透露太多，以免姊夫帮她念信时起疑；一封写给弟弟。说明他最终做了决定，断了犹豫。

第三封信他带在身上。藏在他的随身包袱里。他与弟弟鱼雁往返数年，各自透过迂回的管道。他们的信息如此隐晦，像是平凡的家书，谈论天气、饮食、健康，或交换亲友的近况。文字底下是如履薄冰，生怕一个不谨慎，陷彼此于不义外，牵连不知多少人。他在当邮务员时，学习到许多逃避掉检查的方式。饶是如此，他成功交到弟弟手上的信，不过三四成而已。他猜想信仔那边也是相同的。他们的信像是两个单向道，不知能否传递出去，亦不知何时能收到回复。他们便默契地，每封家书里，皆不盼望回信。

信仔一阵子毫无音讯。他猜想信仔在狱中，也许不方便通信。为了不多滋事，他藏好信件。既然眼前的风险并不会更小，索性当作遗书。在遭逢不幸之时，留下只字片语，也没那么冤了。

通译者

他前去赴约，随着赵仲仁前去黑龙江省拜见马占山。其时辽宁臧式毅、吉林熙洽皆表示合作，共同扶植溥仪的伪满洲国。唯马占山摇摆不定，刚与日军进行会战，尽管日军成功攻下齐齐哈尔，马占山的声势却水涨船高。若能说服他归顺伪满洲国，并予以好处利诱之，必对于东北和平发展有利。

他随着赵仲仁居中协调，安排板垣征四郎、谢介石到马占山的根据地密谈。赵氏推着阿仁站前一步。通译之前，他深呼吸，回想一下那晚的感觉，再次展现那份能力。他通译起众人的话语，一面充满感激，频频朝赵氏回首：他无比放心，在这说话的时刻，只有赵氏看见同样的透明。换句话说，在场所有人因为他制出的透明而看不见他时，只有赵氏看得见他。

最终，马占山同意条件，在伪满洲国成立后将任命为黑龙江省省长。最大的隐忧解除，新国家的成立亦相当快速。

他如梦似幻。即便背后有多少交换与勾结，多少一触即发或正在发生的战事，他却感到生平罕见的平静。像是第一次真正认识平静的意思。

他出生时，台湾已被日本占领。从小，他在私塾瘦弱的夫子那，听夫子激烈说起"亡国奴"与中国历史上诸如"靖康之耻"等事件，或是在长辈口中提到甲午战争、马关条约等往事。在他还不那么懂事的时候，隐隐觉得自己失去了什么。然而在他少年时期被改朝换代的大清帝国，如今竟在他的眼前以伪满洲国重生。清朝皇帝爱新觉罗·溥仪，成为"执政"。伪满洲国在他的脚下无尽延展开来，这是他未曾再次见过的辽阔土地，仿佛没有界限。

这一切，与他这般经重重伪装、分不清楚国籍的台湾人来说，到底有什么关系，他说不上来。

他无暇思考。马占山那边的暂时妥协，还存在着隐忧。此外，俄国觊觎，国人的仇日情绪，共产党的抗日宣传。这些，都令他们忧心忡忡。赵仲仁每晚与他彻夜深谈，忧国忧民。

即使如此，他在这当中感到一种独特的幸福。尽管只能尽绵薄之力，然而他们所尽心尽力的和平，超过了民族与不同利益。他在不同势力间一直犹豫。到了此刻，总算心安理得。他们东奔西跑，与时间赛跑。局势并不乐观，和平只在表面上。日本国内，以及国际的不信任，危机四伏的状态下，阿仁已将个人死生置之度外。他们不停与关东军的幕僚开会，在各方势力间协调。

1932年2月，张景惠、臧式毅、熙洽、马占山、汤玉麟、齐默特色木丕勒、凌升等各方势力成立东北行政委员会，准备脱离国民政府。伪满洲国的建国算是底定了。

短期间，他已经成为独当一面的交涉员，以通译者的名义跟随着赵仲仁。伪满洲国成立后，赵氏担任协和会理事。他们不变初衷，不改其志，那几个月的时光，对阿仁来说像是一辈子，无法一语道尽。

他们掌握消息，马占山在黑龙江仍然密谋抗日，暗自筹备物资与武器。赵氏遂决定以子之矛攻子之盾，策反曾是马占山部属却深具野心的程志远。

程志远那边沟通极为顺利，不仅在预料之中的马占山起兵时按兵不动，也成功招降马占山麾下四个旅之旅长。马占山兵败，逃至苏俄，而程志远接任黑龙江代理省长，尔后扶正为省长。

棘手在于事成之后。程志远毕竟作为旧时部属，曾与马占山一同抗日。背信忘义，卖友求荣，如此作为实在难得人心。平生大半皆在寻求快速晋升之道，而未曾有一日立足于当地。很快黑龙江一带人民的反抗之声四起，甚至怀念起国民政府。失民心外，其他省份的势力、关东军与满洲政府，皆无法信任此无情义之人。赵氏语重心长，要阿仁引以为戒。今日是别无选择，令此君分化势力，太平之时万不可予以大任。

阿仁同意赵氏说法，只是除此之外，他还隐隐察觉到难以言喻的不安。局势变动太快，比战争还险恶，前日风光得胜者，隔日一败涂地。

数月不到，程志远的官途已到末日，他被夺去实权，调离黑龙江，至伪满洲国首都新京（今长春）担任参议府参议。

赵氏先行一步发现异状，他对阿仁说，他生长于黑龙江，不论由谁统治，百姓的福祉优先，必须稳定政局，方可安居乐业。程氏若不甘被贬，在此关键之际，好则就此招安，坏则如残火反扑，一发不可收拾。程志远虽无治理大才，却有乱世枭雄本事。他已在短期之间，以个人怨毒之气感染失势军阀，或权力岌岌可危之士。经线报指出，他亦勾结苏俄与共产党，以扰乱伪满洲国政府与关东军为目标，将东北与华北陷入动乱，再借此重返权力。

赵氏临行前与阿仁促膝长谈。他们预感，此行凶多吉少，乃是以一己之力挽救未然之灾难。阿仁决心跟随。舍生取义对他而言过于遥远，但总算有肝胆相照之情。他内心澎湃又壮烈，此行他视死如归。

到了程志远官邸，见他目露凶光，说话极不客气。程志远对着赵仲仁一行人再三控诉关东军背信忘义，若不给个交代，天下如何得来，也将如何失去。

阿仁与赵氏极力安抚，说明乱世与治世截然不同。而今已是理想建国，不应眷恋先前马上征战风光。如今眼见承平之日到来，与其在黑龙江当一方之霸，更应珍惜身处中央所享有的荣华富贵。

事情来得非常快，没有争吵，没有预兆。

赵氏看似累了，要阿仁接着说。期间，程志远一张脸僵着，介于面无表情与微笑之间，不知盘算为何。在赵氏的鼓励下，阿仁认真地说话，说着特殊的、不属于个人的言语，能让一切纯净的言语、时间变慢，人的动作、表情变得温柔。

只是这温柔依然停止不了时间，与即将来临的灾难。唯一能做的，只能让阿仁无比清醒且无比清楚地见证死亡的发生。

他看到程志远从腰际间掏出手枪，像是掏烟斗打火般泰然自若。平静地缓缓举枪对准阿仁他们的方向。阿仁内心感到恐惧，像在内心的最深处，无法反映到身体上。他动弹不得，眼睁睁看着自己将成枪下亡魂而呆若木鸡。在慌乱之中，他听到背后的赵氏对他说："钦仁，勿轻举妄动，继续说话"。

阿仁说着话，却不知道说了什么。为了说而说，与有苦难言一样难受。说着话像是呕吐。他日后回想起，只记得当时口干舌燥，舌头发麻，喉咙着火般难受。同时他的眼泪夺眶而出，泪流不已，视线全糊成一块。

时间放慢，放慢，直到所有的画面像西洋镜一格一格播放。程将军的表情半笑半怒，十分阴森。将军举着枪，枪响火光子弹迸出，阿仁看得一清二楚，弹道擦过身边，一枪，两枪，三枪，四枪，五枪，六枪。他感到温热的液体从背后喷溅到身上。他想叫喊出声，口中却满满的话语，哽住了他的呐喊，继续不由自主地说话。

在他拼尽了力，总算能转头望向身后之时，赵仲仁极为虚弱地对他说：

"走，莫回首。"

他嘴里继续无意识地呕吐着话语，一面走向墙边，从窗爬了出去，落地时还摔着。忍着痛，泪流着，背上赵氏喷溅上的血也滴着。他走远现场，同时瞥见众人急急忙忙冲向会客厅，慌乱如热锅上蚂蚁，却无人指挥行动。依稀听见，这情况得叫日本警察前来，才能处理。

他气已衰，泣不成声地喃喃自语，来来往往的人群中，没有人注意到他。他知道自己又变透明了。而言语像是一场热病，他发着病不停说着。他一路呕吐着话语，走到下榻的旅社，再度昏了过去。

三

　　想起来了。

　　他醒来在旅社的床上，像是那回见完皇帝的昏睡而醒的光景。恍如隔世，像是这几个月没发生过任何事。当时，那个答案呼之欲出却因赵仲仁来访而打断的思路重新接上了。

　　他不急着想起全部。托人购买了一份《读卖新闻》，上头刊着程志远的照片，与死者赵仲仁。另一位死者李义顺，时任伪满洲国宣化司司长。据闻，李氏当时听到枪响，以为是赵氏开的枪。没想到赵仲仁躺在一片血泊之中，双眼睁大，胸前、腿部伤口还喷着血。还没来得及反应的李义顺，被杀红着眼的程志远拿着斧头迎头劈开脑门，当场死亡。被逮捕的程志远被断定精神异常，遭日军特务机关羁留。

　　报道里没有出现阿仁的名字。他苦笑了一下，也是，不论是光荣或是不光彩的事件，他在历史上都不占有任何位置。

　　重要的是，他想起那个只差一步可以回想的事是什么了：这不是他第一次与死亡错身，逃过一劫。

　　那段记忆，因为当时过于害怕，或无法理解而被抹消了。他抛弃身份，扮演成另一个人，连关于那件事的记忆也不复存在。他知道弟弟信仔更善于此道：虚构一个人物，然后扮演他。阿仁想问弟弟，是否会像他一样，换了身份不见得为了展开新的生活，而是为了遗忘？他确实做到了，之前在鬼门关前走过一回，却在如鼠辈钻入角落那般，钻进了另一个身份后，彻底抛弃记忆。

那是关于他最初到东北的回忆。如前述，他在李汉如的介绍下，在直隶省的政商名流间轮转当通译员。后来，因缘际会下，认识了张作霖的爱将杨宇霆。进而成为他的幕僚，时常与之商讨大事。期间他偶尔灵光闪现，提了不错的意见，例如铺设北京通往大沽口的轻轨。距离虽短，但对于发展贸易有极大效应。他因此受杨将军的嘉许，进而推荐给张作霖将军，担任与日军沟通的随扈通译官。

他喜不自胜，认为自己抓到的机会，或许赌对了边，跟着张作霖将军，哪日担任小小官职亦有可能。当时弟弟来信里暗示了他的担忧，可是阿仁并未留意。

事件发生那天，他随着张将军会见了几位日本军官，土肥原贤二、村冈长太郎等。他一直小心隐藏台湾籍身份，生怕一旦察觉，会以日本的名义征召他。他们谈论起南满铁路的经营问题，他不太理解，如实翻译，没有大差错。

他以为任务结束松口气时，土肥原大佐走到他身旁耳语。大佐告诉他，阿仁是台湾人一事，日方少数人已经掌握，在将来极需要他这样人才。若回到沈阳遭逢什么困难，他那边有人会接应。大佐并预言，他们日后一定会再相遇。土肥原甚至进一步暗示，若来找他，他必定为阿仁安排新的身份，可以在中日两端吃得开。

阿仁无暇多想，也不愿松口与日本人合作，姑且听听，并预想着隔日和张作霖将军回奉天之后的行程。

隔天，返回奉天的途中，经过皇姑屯站，爆炸声起，一阵天崩地裂，火光四起。一瞬间阿仁以为遭遇敌军埋伏袭击。

列车悬空，他被甩出了车厢外，幸运地摔在一片高粱田上，昏了过去。他被一阵慌乱的人声吵醒，口渴如灼烧，浑身是微小的擦伤与烧伤。他一拐一拐走进人群，呼喊着救命，却犹如空气般，无人答应，也无人注意。他看到，人群中围着抢救一个人，是他的长官张作霖，眼见快死了。他无视军令与责任，毕竟在场所有存活的人，没一人在意他、想起他。在这过于意外的死亡前，他的活，犹如蝼蚁，轻如鸿毛。

他步行走到沈阳，没能理解发生了什么事，回到住处昏睡过去。模糊间听见：张作霖已死。

这是他第一次被遗忘，在众人面前变得透明。

第二次很快再度发生。

休息一两日之后，他回去找杨宇霆。杨氏特别支开亲信，单独会谈，仔细推敲。他希望杨宇霆能跟他说些什么，关于张作霖之死，关于是否为日军所为，或是将来的方向该如何。杨宇霆叹了口气，最后说："罢了，没事，忘了吧"。

实际上当时的情势也无暇细问。杨宇霆与常荫槐为了稳住权力中心，积极交涉，阿仁跟着他们，每日早出晚归，顿时也着眼于当下情境。此举使得刚上任的少主张学良怀疑杨氏与常氏别有异心，认为他俩亦欲夺权。张学良不待父亲旧时部署商讨，回绝日本田中首相特使提议的满洲独立计划。杨、常二人断定少主下一步必然宣告停战，与蒋介石合作。为了避免东北分裂，使日、俄有机可乘，亦在东北易帜之时，加入了国民党。

杨宇霆懂得阿仁不愿加入国民党的隐忧，只告诉他，再过一阵，情势明朗之时，赠予他一小份报酬，从此退隐。

接着是那天。杨、常仍无法说服少主认定日军为杀害父亲首谋的想法。依然想将满铁与其他境内日人投资的工厂经营权夺回，并驱逐日人；同时在蒋介石的承诺之下，不畏惧与苏俄冲突，强行收回中东铁路。杨、常为此与少主僵持不下。杨宇霆对阿仁说，国际事务上，蒋介石未必是不可沟通之人。若少主如此无视大局，他们将直接与蒋交涉，并交换利益，不惜策反张学良。

杨氏罕见地，在不需要通译者的状况下，要阿仁以幕僚的身份随去。一到饭厅，却不见张学良的身影，身后的门被关上，杨宇霆怒喊："你这小子敢算计我！"他立即掏枪，还分不清楚哪边藏着人时，枪声已经响起。杨宇霆应声倒地，常荫槐手臂擦伤，四处逃窜。他们带来的随从如鸟兽散。只有阿仁扶着杨宇霆，试图逃出去。他眼望四周，杀手一一现身，他认得老元帅身边的高纪毅、谭海两人，与他们身后六七位持枪的军人。

他心凉了一截，既然真是张学良下令所为，那么今日包括他也难逃一劫。他灵光一闪，想起死里求生的方式。既然他们一口咬定张元帅之死为日军所为，且恨透了日本人，且恨透了主张与日军合作的杨、常，那他索性一不做二不休，滔滔不绝说起日语来。

他盘算，他虽直属杨宇霆，却未曾与张学良幕僚过多交涉，他们应该不认得他。佯装起日本人或许有出其不意的效果。

虽然中、日在东北关系紧绷，杀害无关且尚不知身份的日人仍嫌过于莽撞，应有所忌讳；二来，他在与土肥原大佐密谈时，隐约知晓在奉系里也安排间谍。这时佯装日人，或许会碰到内应。

他既已无处可逃，不如赌上一把，不入虎穴焉得虎子；最后，他想最糟不就这样了，不如大喊对大日本天皇的效忠，至少成为亡魂之时，有个能够效忠的对象。他将小时背诵的对天皇的孝忠，对日本国的光荣，大和魂，全部一口气地用日语流畅地喊出来。他当然没想过，过往与弟弟一起被逼着背诵而内心不满的颂词，可能成为他最后的遗言。

他的最后的画面，是如想象一样的，面对行刑枪队的场景。他怀抱着倒地已断了最后一口气的杨宇霆，一旁倒着常荫槐，与倒在地上另外两位生死未卜的带枪随从，还来不及反应就中枪。现在轮到他了。所有枪口划一地指着他，他不可思议的同时看见所有的枪手的手指在扳机上，扣下的那微小瞬间。枪声一一作响时，他还说着话。然后失去意识。

他醒在一排死尸中，尚不敢转头，仅以余光窥看。他们在一间小房里，阴冷无比，月光照下，地上的积水（尸水？）结

通译者

成冰，映在一小块光影在墙上。杨宇霆将军的尸身在他身旁，脸上肌肉还是僵硬的。他想，自己的皮肤，是不是与这些尸体一样青呢？他缓缓坐了起来，说服自己并没死，也不是僵尸。肉体好好的，皮肤确实有点泛青，是因为冷的缘故。他脱下裤子，尿失禁后因气温结冻而硬邦邦的。脱下的时候，也剥落了一些皮肤。不觉得痛，因为心仿佛死了，还没活转过来。他在尸身间搜索了一阵，不感到害怕，毕竟他们已是出生入死的伙伴了。他取下一些衣物、外套，以及一些简单的财物，他临行前朝着他们拜了一拜。

他离开的时候异常顺利，像是全世界的人都沉睡了。他回想起自小他与弟弟信仔在巷道里躲藏与脱逃的游戏，脚步终于轻盈起来。绕过哨口，或光明正大地通过恰好在打盹儿的守卫，到了大街。他又是孤单一个人了。他找到一个隐秘的死巷，蹲坐在地上哭着，泪滴一滴滴的结为冰。他并没有弄懂是怎样逃过此劫的。或许他们真认为他死了，或许真有个内应暗自帮助他。

可是他还是很难过，那十几分钟里，毫无道理地一直问着，为什么是他一个人活下来了？

又为什么，在他滔滔不绝地说话时，没有人搭理他？

他就在那时，恍惚间走到了上回土肥原私下告诉他的秘密住址，摇身一变成为关东军的通译。若不是赵仲仁出现，恐怕他仍无法清醒，继续如梦游般，在死者的重担下活着。

四

记忆被撬开之后，他醒来。

他回到案前，再次写信给弟弟。这次决定不寄出了。他感到心安。既然对象确定了，便也无须多想。终有一日，会到信仔手中，以他不知晓的方式，传递到那。他没在信纸上交代自己如梦似幻的经历。历经劫难，他已学会听天由命。这封信他打算一直写，由命运决定。

这回，他决定两个可能：从此退隐，回到台湾；不然就继续原来的身份，继承赵仲仁的意志，为天下交涉。他决定后者。

他回头找上关东军。土肥原贤二见到他，表示对赵仲仁一事的遗憾。阿仁颔首。土肥原观察阿仁一阵，觉得惊奇，便允诺阿仁，在一切平定之后，会让他在满洲过上平静日子。

尽管如此，他身心已俱疲。在这政府里，日人、满人、汉人间的内部冲突不断。他处理过郑孝胥对日人紧抓着权力指使满洲政府的不满情绪。郑孝胥之子郑垂与国务院总务长驹井德三于谈判时互殴，若不是他在场处理，恐怕又是一回非死即伤的场面。

他一件一件防患于未然，将大事化小，小事化无。风平浪静之时，便独自写家书，大部分私藏，只有一两封简单问候的信，尝试着托人寄往台湾，给他那已被日人判刑十余载的弟弟。他也收过一两封知名不具的信，他猜想弟弟与他同时也在思考未来之事，那些不易有答案的事。

关键的时刻不久后到来。

彼时，各省将领与疆吏各有互通。他游走在各势力间，久而久之，竟也有一定影响力。他与密使互换意见、协调。殷汝耕已组织冀东政府作为伪满洲国外围缓冲地带。但欲换下蒋介石，推翻国民党，还需得其他反蒋有力分子支持。他们所属意人选，将犹如板垣征四郎之于伪满洲国的地位。

消息既出，群雄并起，京津沪汉港粤各有反蒋势力派密使前来。谒见之前，总会先来找他，听取建议。而日人亦频频询问他的看法。山西阎锡山、山东韩复榘与石友三、南方李济深，诸势力派来的信使，他皆一一作为中介过滤与观察。

置死生于度外后，他识人之方法亦与过往有所不同。他过往将自己视为草芥，若有一人愿意放下身段，待之以礼，没有主从之分，高低之别，他便视为好人。

这时，他撇开成见，不以个人喜好而论。不仅冷静听其言观其行，亦深深捕捉言者之眼神闪烁，言语中的气强气弱、气长气短。所有言外之意与难言之隐，各自的盘算与意图，他无比清楚。像站在高处往下俯瞰，情绪鲜少波动。密使或协调者们，有洞见者，亦觉得阿仁这身份未明者实在高深莫测，不可小觑。

京津一带风起云涌，稍有不慎，立即影响到伪满洲国情势，苏联虎视眈眈。关东军与国民党之间情势紧张。而关东军内部、蒋介石与其他地方军事将领各有矛盾。居中协调者的作用比先前更为重要。他仍然以通译者为表面职务，实际上是各方人士都借以观测风向的重要指标。

当前要务，是津京方面日人工作者三股势力之安排：一是土肥原贤二大佐支持的宋哲元，二是大迫通贞大佐倾向的吴佩孚，三是喜多诚一大佐选择的时居上海的王克敏。

三者之中，尤以宋哲元实力、地盘最为稳固。不料宋氏对于土肥原要求条件过于贪婪，无视当局平衡，欲关东军无条件提供资源。并在扩争地盘与军备上要求，引起日本当局担忧。屡屡遭拒的情况下，宋哲元态度豹变，由友化敌。情势恶化，京津人士莫不担心。

阿仁积极拜访几位有力人士商讨，终于在前袁世凯智囊陈宦、前参谋总长蒋雁行、财政总长张英华、齐燮元等人推举下，荐红十字会总会长许兰洲为"京津人民和平促进团"团长，并选出五位常务理事，包括阿仁在内。

他们取得日军秘密承诺，在赴东京协调之前，切勿有任何军事冲突。迅速、秘密、非正式，却牵动千万人民命运，一行人便匆匆前赴东京。

主要目标有三：一为日本军队由京津一带退到山海关外，二为宋哲元军队由京津退到保定与沧县之线，三为由吴佩孚元帅出面组织，维持中日间缓冲。

1937年6月22日动身，28日抵达东京后便马不停蹄拜访陆军、海军、外务省，隔日更与首相近卫文麿、陆军省参谋会见商讨。长年与中国方面反蒋势力皆有接触的和知鹰二大佐劝告他们，此时欲求和平，为时已晚。根据关东军消息，宋哲元军队已有进攻之势。若众人仍致力于此，当两军开战时，便无法保证其待遇。

众人认为已经尽力，且再耽搁下去，恐回程交通阻断，决定回到伪满洲国，再试图调解冲突。一下船，年事已高的许兰洲会长便因舟车劳顿病倒。许会长与其子留在奉天，一转眼，和平促进团解散了。

阿仁独自离开，心里空虚，连悲伤或愤怒都感受不到了。他七月五日乘车返津，一路兵车拥挤，颠簸不已难以前行。忽然听到大炮隆隆之声，多方打听之下，才知车程三个钟头处，七月七日，卢沟桥已发生战事。

他再度见憾事在眼前发生，却无能为力。

五

　　他在夏日暑气中，感到彻骨的寒，怀疑自己是不是错估了自己能力。

　　就在这时，狱中的信仔写给他的信秘密递到他手中。他读完后立即焚毁，只让印象存在于大脑里。弟弟对于自己做过的一切，在狱中各种威胁利诱与洗脑间，逼迫其转向的压力中，仍然坚守原则。他忘了弟弟详细的说法，也忘了自己是否答复。

　　此刻，读完信，思量当下处境，他只对自己说：切勿悔恨，在时代大浪下，做出自己选择的痛苦，仍旧比什么都不做强。他不像弟弟那样会思辨，懂道理。只知道自己日渐掌握的能力，至少能明哲保身。但他宁愿放手一搏，还是冒着危险为天下奔走了。

　　他找到了好友高凌霨，与日军协调，令高氏担任天津市治安维持会会长。并别无选择地让王克敏先行组织维持秩序，其后建立临时政府。

　　即便如此，他亦感到末世了。他依然交涉。可是无论是冲突的场面，或是共谋的密会，每个人嘴中吐出的言语污浊无比。他的透明滤净，远远不及污浊的扩散。不仅是只有他看得见的话语的颜色，还有话语的气味，都开始使他难受。血腥味、腐臭味、烧焦味，还有难以形容的，之前只在死者半开的无声嘴里才闻得到的，属于死亡的气味。招致死亡的气味，制造他人死亡的气味。他只能让自己的周边干净透明，而最后的结果，只有他自己成为在场当中不存在的人。至此，连通译员本身的作用，也微乎其微了。

别无他法。他在无任何势力的委托下，用尽一切人脉与关系，与最大的幸运，前往北平拜见了吴佩孚将军。未曾谋面的吴将军，是他长久以来最为景仰的人物。对于先前失之交臂的机会，他无比懊悔。他总以为，让吴将军出面，中日间的缓冲必然可以让和平维持。

吴佩孚将军看上去比他照片上记得的老，但还是有股威严。阿仁开宗明义说明来意，吴将军似乎也有所准备。这是这两年间，阿仁记忆里最愉快的一次对话了。没有任何中介，他也不是中介或密使。身份即使有别，仍是面对面的谈话，以礼相待，开诚布公，且为天下着想，远非为个人私利。

吴将军对于阿仁熟悉当前政治军事与外交事务感到十分激赏，阿仁亦罕见承认自己台籍身份以及如何在夹缝中躲藏生存。两人相谈甚欢，阿仁本不抱希望，毕竟战事已成定局，吴将军虽然硬朗，身体亦已老迈，并退隐许久。唯吴佩孚听完他分析利弊，已暂时放下个人荣辱，不将与日人合作视为汉奸叛国行为，愿意仔细斟酌。

准备告别时，吴将军说，请他尚待一两日再另行回复。吴将军且苦笑道，前两日上馆子吃羊肉饺子时，被碎骨划破牙龈，现在肿得厉害，十分难受。等他身子感觉较好，再告知他的意愿。忽然，阿仁从吴将军口里吐出的话语，闻到了生平未曾闻过的浓烈死亡味道。他极为害怕，也不愿多想。何况谈话过程当中并无察觉，恐怕是自己过为劳累，不应大惊小怪。

他惦记着此事，回到旅店，等待消息。

不出二日，吴佩孚骤逝。

得知消息的阿仁，没买任何报纸，一日未食，未言语。他原想就此客死于异乡的旅店里，意外地却收到三弟的来信。还没弄清楚是如何穿越重重阻碍，送到他短暂逗留的北平无名下榻处，只见信里一则最重要的讯息："吾已转向，减刑出狱之时指日可待"。

六

　　他在华北临时政府混着闲职，无所事事。吴佩孚既死，他便也不抱希望，只愿意亲自见证战事终结那日，衣锦还乡之时。尽管他自认对天下毫无帮助。他偶尔路见不平，譬如帮助过一位天真烂漫、在中国宣传和平主义的日本学者江藤大吉。他与日军交涉，令他免去牢狱之刑。

　　他辞去关东军的职位，随波逐流。一路到了长江，看着全然不同的景色，思念故乡。

　　汪精卫与日人合作成立国民政府时，曾有旧时好友邀请他加入财政部门，他犹豫了一晚，便偷偷逃走。他躲在南京附近村落半隐居，一方面处理微小的政治与财务纷争，另一方面累积资产，从事他过往曾考虑过的商业买卖。

　　在南方的日子过得非常快。过往在权力核心的岁月，已经犹如上辈子的事。他的妻小与他居住在南京一阵，后来先令他们回台，落脚妻子在高雄的娘家。不论是珍珠港事件，或是日军在南洋的战况，欧洲的战事，对他而言已经毫无意义。他只想见证结局。

　　如此置身事外，以至于抗战胜利，他无喜无惧。原以为会情绪复杂，竟也平心静气。

台湾光复。他亦不喜不悲。

信仔出狱后，身处两岸的他们，已经有更多的自由与安全能通信。双方却已无话可说了。

然而历史没那么轻易放过他。他先是悲伤地知晓故乡之岛的大屠杀，而遭通缉的信仔在大姊与外甥的帮助下逃往香港。信仔在香港遭受旧时同志排挤，亦抑郁寡欢。

而他，躲过了战后汉奸的审判。没想到战后并不平静，共产党竟以摧枯拉朽之力席卷一个又一个城镇，而国民党兵败如山倒，他多年沉寂的危机意识又起。他在东北见证过不少苏俄的手段，对于弟弟参与的组织一向无好感。可是这回面对的，恐怕不是他过往能够处理的。他趁着国民党经济政策崩溃前，攒上一小笔钱作为基金。他变卖家产，打通了路径，已准备好告别他度过大半生的大陆。在极为危险的状况下，阿仁在上海见到了十余年未见的信仔。两人虽然熟知各种躲藏乔装，趋吉避凶之道，此时的乱象，危险却不亚于战争。兄弟相拥而泣，互道思念。立场不同，除情感与家人外，两人无法多说。唯能盼到此刻，已是两兄弟多年的心愿。

信仔还是一样俊美，只是脸上多了风霜，显得憔悴。贫穷之下，信仔的身躯极瘦，眼睛也少了许多光芒。相较之下阿仁的物质与精神优渥许多，他心疼不已。临行前，他留了一大笔钱给弟弟，并告诉他危急时可以投靠之人。

信仔说要留下来见证新中国。阿仁说他别无选择，愿余生于故乡度过。

他们知晓，此一分离，便是永别。

通译者

七

　　阿仁回台，于高雄置产，余生与子孙们过着不富裕但仍是宽裕的生活。每逢拜访新竹大姊的日子，便精心打扮，带着大小礼拜会那沉默如干枯影子的姊姊。

　　他十分珍惜这平凡。若有所不甘，也写在他涂改多次但未曾公开的书信里了。即使信仔不在了，他还是继续写着。

　　他并不吝于分享过去在大陆的见闻游历，谈宣统皇帝、谈张作霖、张学良、土肥原贤二、马占山、吴佩孚等人与他的故事。他从孙儿小时候说到成人。可惜他似乎残存了旧时的能力，越是天花乱坠地说，人们越是听不见，越是看不见他。也或许，他早已在时代中掉队，只是偷偷溜进了不属于他的时代，不占有任何记忆的位置也是自然。他仍说了很多，滔滔不绝地说，尽管没有人相信，也没有人真正记得过。

　　至少，他觉得，到了最后，他的言语仍旧十分干净透明，而且有人欣赏过。

　　如此足矣。

不
笑

（一）

关于潘笑的笑，有许多故事流传。

最早的说法，是她出生时没有哭，而是笑。嘴角笑得合不拢，甚至听得到轻轻地呵呵声。连产婆都啧啧称奇，认为她会给这个家带来巨大的福分。他们将她取名为笑，希望这名经商世家的长女，能带给这个家笑容。谁都没料到，当她开始牙牙学语以后，她就不会笑了。

你可以感觉到她的情绪是焦躁还是平静，是悲伤还是喜悦，你看得到她各种表情，哀凄的、愠怒的、舒缓的、欢快的、困惑的、坚忍的、犹豫的、无所谓的，甚至更为细微的暧昧情感，譬如痛苦却欣喜的，友善却隐藏不了心事的，厌恶却又满怀同情的，惶惶不安却又无比坚定的。她拥有丰沛的情感与表达，但就是不会笑。没有一个表情，是我们会名之为笑的表情。不论是含笑、微笑、浅笑、轻笑、苦笑、冷笑、傻笑、假笑、欢笑、大笑，她的嘴角最为上扬的时刻，也无人感觉那是张笑脸。

父母曾怀疑她是否不爱这个名字，多少被同龄朋友取笑的俗气名字。可是问到她的时候，她皆不置可否。她这张脸无论如何努力，就是少了笑容这个要素。好像缺乏一个极为微小

139　　　　　　　　　　　　　　　　　　　　不　笑

的肌肉，使得她无论如何学习，就是浮现不了笑容。不过她性格和善亦坚强，实在是这个家族里照顾其余两位叛逆的兄弟最好的大姊。尽管缺乏笑脸，还是张讨人喜欢的小小圆脸，一对眼珠子大大的。芳龄十六，提亲的好人家便络绎不绝，笑的不幸，也不让他们介怀了。

笑或不笑，在家里当帮手，习惯起来并无差别。父母也认为女儿无须抛头露面，学习家政女工即可。妇女的责任在家庭和善，不必整天笑脸盈盈。他们两三代经商，来往的人多，多的是言不由衷与笑里藏刀。很快地，不觉得她的不笑是种病，也不是缺陷，就跟每个人的外貌身材皆有差异。

不熟识的人，一开始会不习惯这沉默的少女应对时的缺乏笑颜。相处过后，会发现她的情感与表情都是丰富的。像是一个脸上有缺陷的美人，只要你喜欢上了，那缺陷不仅不在意，甚至是种独特的吸引力。

有些被她迷得神魂颠倒的年轻男子，喜欢上不笑的潘笑以后，觉得世间女子的笑脸顿失颜色。不笑，使得完美的笑在脑海中幻想出来。那些多情男子，一次一次在脑海里描绘起她的笑脸。多情男子像染上热病，扩散出大稻埕之外。许多人慕名而来，想要一睹芳颜。这些人都有相同的特质，情感丰沛且浪漫无比，不乏好家世或书香世家者。传言不知从何而起，但他们口中流传着，谁能逗得她一笑，那便是她的真命天子。

于是他们想尽办法吸引她注意。有人脚步鬼祟地在店门口闲逛；也有大手笔地搜刮他们店铺卖的米时，口中却不断询问她的行踪；有夜深时在他们家矮墙边唱歌的，被她父亲泼了一大桶水；有在最近的庙口大手笔请来戏班子耍各种杂技，使得街坊邻居都被吸引去，只为了见上她那传言中不曾露出的笑容。

从来不笑的潘笑，她不存在的笑容比任何女子都来得勾人，令人软倒，令人辗转难眠。那个令缘投少年想到会无比闭思的，只存在于脑袋里最私密情感记忆处的，存在于未来的笑脸。潘笑的笑是那些青年们的共同记忆，即使没人见过。

很奇怪的，那几年间像疯病一般追求着她的男子，日后皆娶到好某*。那些不同背景、相貌、身材的妻子们，据说有共同的特点：不论她们是否是美人，她们的笑容，都是在当地人口中最美的。若有机会问起，那些男子也许会不约而同地想：不是，最美的那个笑容，从来没有机会见过。

而在潘笑出嫁到新竹后，那个不曾存在过的大稻埕最美丽的笑容，便成为这些曾为此癫狂的男子们记忆中最为甜美又苦涩的青春回忆了。

* 闽南语，贤妻。——编者注

第二个关于潘笑的笑的故事，是关于她的儿女。

潘笑嫁来新竹后，似乎成功地削弱了自己的存在感。不笑一事不再引人注意。她将此缺陷化作美德。她省去了戴着虚伪笑容的力气，节制地保持与众人的关系。众人眼里她是如此理想，在丈夫的身后处理家务，抚育儿女。

少有人意识到，背后里真正支撑起这个家，与这个家族事业的，是这个没有笑容的女人。后来，已经没有人介意她表情里缺乏的部分，也不再引起男子无尽的追寻。那就是一张适合在家门内出现的面孔。她学会了平凡，比任何人都平凡得彻底。

只有她的两个弟弟例外。或许她的父母与丈夫，知道她那低调与寡言的性格下，其实一点也不平凡。她坚强且伶俐，对于许多事，能早先一步预料且预备。但只有她的弟弟清楚她藏在平凡人妇的面具下，异于常人的天赋。他们一致同意，若姊姊为男儿身，必然比他们兄弟俩更有成就。

他们保守秘密，视作姐弟之间的默契。他们都有特别的能力，看见别人看不见的世界。吊诡在于，这个世界如此容易受视觉欺瞒，远远超乎他们的意料之外。如果太专注于凝视看不见的世界，这个世界便会看不清楚他们。有时是眼神跟丢了他们，有时是变得透明，或是就彻底忘了他们存在了。他们心照不宣，这个世界并不完整。大多的情况，人们遗忘了遗忘。忽略了我们是如何踩在遗忘之上。

而兄弟俩也知道，他们姐弟三人有类似的共通点，而最早知晓且一直秘密运用的其实是她。但大家只注意到她不会笑这件事。或是后来只把她当作一个沉默而矜持的人妇了。也许，正因她比这对兄弟更清楚他们共有的特异能力，才会选择成为这样一张被人早早遗忘的面孔。

尽管有所歉疚，对于在外打拼的兄弟俩来说，大姊永远是他们的支柱。不管他们在哪儿，她总是联系着。守护着阿仁的透明，与信仔的消失。她拉住两个弟弟，她是他们攀爬回现世的浮木。因此他们虽然自小与这神秘的能力打交道，最后却矛盾地全是无神论者。

潘笑的儿女，即使相处时间短暂，皆与两位舅舅感情好。潘氏兄弟相貌端正，谈吐合宜，潘笑与她的丈夫添新看见他们与外甥、外甥女们的相处，也感到欣慰。

添新是接手家庭第二代事业的生意人，受过一点教育。在商务与地方需要的一些书信来往，文书事宜都能处理，他甚至能写一手好字。可他觉得若不是要接手家业，他真想多读些书，在这新时代有多点学问总是好的。他心里企盼，这家里能出一个真正的读书人，光宗耀祖。

潘笑嫁入朱家之后，所有人都相当喜欢她。她只是淡淡地与人应对，温柔地，贴心地打理一切。她且能生育，十余年间，生了三男六女，无一人夭折。若要挑剔，也许还是那个老问题。在某些场合，她的不笑，还是在他们居住的那一带，搅动了平静的生活步调。即使问题不在她身上。

譬如婚姻喜事，譬如有人金榜题名，或有人酬神请了戏团，她皆礼貌随着丈夫出席，带着子女们。她的子女彬彬有礼，应对进退合宜。问题就出在他们的笑容。潘笑的子女们会笑，儿时在巷内穿梭间也不乏笑声。可是他们笑起来，令人感觉有些勉强。甚至多虑一些，会觉得他们的笑有点凄苦。那种笑意好像一种善意提醒，提醒着笑颜所牵动的，不仅是嘴角，不仅是脸上的肌肉，还有比情绪与情感更深处的悲苦。他们的笑容令人印象深刻，像在每回兴尽悲来的时刻理解到，人世间的欢快都是短暂的，欢愉过后的感伤更甚。欢笑的时光，是注定成为记忆风景，且势必被遗忘的。

或是简单点说，他们的笑有点缺陷，有点不完整。他们的笑，让人怀疑起笑的短暂与虚假。令人怀疑人们聚在一起的欢笑。他们牵动起笑容的迟疑，结束笑容的尴尬，都落在人们的眼里。进而让人也怀疑起自身了。这点尤其令人不快。笑牵动某种情绪，笑必须传染，必须共鸣，否则这笑容转瞬即僵，像在丧礼的场合无预警的泄漏笑意，成为一种最冒犯的表情。平时的来往，街上的交谈，众人毫不介意，觉得她得体。但在众人庆祝的场合，她与子女们的在场，就令人感到尴尬。对某些人来说，她子女们的笑，比她的不笑还要难以忍受，还要令人不快。

在添新的儿女未长大成人前的那段日子，他们集体出现在公众场合，该笑的时刻，他们会慢上一两秒，才仿佛配合着群体，整齐划一地笑。他们的笑，显示出令人介意的不合拍。笑声四起时，有许多人会忍不住转过头来看向这一家，想分辨到底哪里引人注意。渐渐地愈来愈在意，到了后来，他们所在的位置，像是独立的一个区域，有他们自己的笑的定义。越是笑，越是格格不入。对大多数的人来说，那是种轻微的不快，却又无法忽略。如芒刺在背。但他们怎么想，就是无法解释这些孩子们的笑究竟哪里不对劲。渐渐也将矛头指向潘笑。潘笑的不笑，以残缺的形式留在这群子女的嘴角上了。

　　添新的姐夫，是新竹郑氏家族的一员，虽然不像祖辈郑用锡考取功名，但学问渊博，热心于私塾教育，在地方士绅圈子颇有人望。有一回，他与人喝酒微醺时，曾谈论到添新一家。他意味深长地说："这家啊，人丁稀微。"人们以为他醉了，奇怪的是，这句话不但没来由，也与事实不符，可是这句话暗里也确实影响人们的观感了。曾经好奇或介怀的人，看这添新一家，因为这句话的点破，似乎也稍微懂了：以欢笑的场合为例，他们的笑，不是被感染了欢快气氛，也没有感染出去。他们的笑，反而区隔了他们，予人一种凋零之感。他们无法融入群体，即将散逸，入歧途，出常轨，受咒诅，绝子孙。没有犯过任何错误，被外来的力量惩罚。他们甘心自毁，静静地在那，不打扰人亦不受干扰。

　　潘笑毕竟是潘笑。她知道原因在哪儿。了然于胸，于是毫不在意，生活继续着。

添新为人古意，没有留意过此事。担任农具商会会长的他，正忙于管理货品，与逐渐发展起来的进出口，计算着船货量的细节。对他而言，妻的贤惠与多产，实际上无可弃嫌，他甚至认为她有帮夫运。子女们的笑到头来不过是小事，在他们陆续长大成人后，逐渐融入社会。虽不见得都像两位舅舅那般出色，但多随和，令人喜爱。添新脚踏实地的性格，慢慢显现在子女身上，更加掩盖了他们原先令人担忧的部分。

　　直到所有人都不记得了。

　　有天，她想起，终于松了口气。像是看到子女成才般欣慰。对于那位堂姐夫的话，其实有传到她耳中，对此她有另外的理解。她相信，她与阿仁、信仔血液里共同的特性，深深影响性格与感知的神秘之处，是无法透过传宗接代流传下来的。

　　她起初在自己的子女们看到与自己姊弟间类似的个性，在脸部表情的细微处，在眼神的深邃处。潘笑为此微微忧愁几年，暗自观察。她让自己更为素雅，沉静，如此便能更清楚地掌握每个孩子的特质。孩子童稚时，身上带有的潘笑影子，逐渐长大后，皆被逐渐浮出的添新特质取代。那份叛逆与孤僻特质，也就看不到了。

　　她不知道是不是自己的内敛有了效果，还是她与弟弟们的畸形内在终将被洗去，总之她是欣喜的。她宁愿子女们完全继承父亲，一切，就是一切。除了弟弟们，没人知道她内心承受过什么，见过什么，感受过什么，记得什么。

　　她的夫家天性严肃，并且有难以自拔的抑郁，她不以为意，而早早选择了。她希望所有的孩子都像丈夫，不要有他们姐弟一点点的特质。她自愿放弃与抹去。于是她善尽生育与养育之责，然而却矛盾地不希望子女带走她身上任何一点东西。她老早打算，离开那天，身后不留下任何遗物。

众子女中，唯三男阿宽带有她的气息，也是他与信仔最为亲近。她想想也罢了，纵使无形的东西比有形的东西还要久，终有一天会消失的。

不　笑

第三个关于潘笑的笑，是她的丈夫添新过世时。

　　尽管农具店的生意起起落落，配合政府政策限制必须时常改变，他们的店还算跟得上时代。外人难以得知的是，每次的转折点，潘笑好像都能有所预料，提早应变。譬如她就在总督伊泽多喜男宣布命名蓬莱米的前夕，提醒丈夫这会是接下来的趋势。当大家还来不及思考，还在把注意力放在出口利润较高的甘蔗时，她认为需要为种稻的农具提早准备。

　　于是很快地，蓬莱米大受欢迎且产量丰盛，外销日本的产量一下攀高。当农民纷纷欲将甘蔗园改种稻米，添新的店早已准备好不少整地需要的犁、锄头、铁耙、圆锹仔、扁锹仔，还有蓬莱米需要的大量肥料。当时生意为此无比兴隆。

　　她鲜少干预店务，每当给丈夫建议时，却都言之有理。丈夫以为，那是经商世家的她从小累积的见识。不论政府奖励什么，或打压什么，或意想不到的政策发布，她往往都预先看出方向。在殖民国的政策促成的变局之中，无论是甘蔗农转变种植蓬莱米，还是出口货船的增长、日人资本投入的方向、米价与糖价的上涨或下跌、日本农民的抗议、限制台湾米的出口、提高米税，她总让店的决策抢先一步站在有利的位置上。作为一间农具商店，居然一路以来，在台日之间的变局与供给需求间，甚少投资错误。某些关键时刻赚下的钱，使得添新一家拥有小小的资产。

潘笑无欲无求，只有央求过添新，既然三男阿宽有天分，就攒下一笔钱，将来让他赴日学商吧。届时回来，长子或次子接手店面，而阿宽可以帮助他们经商，让子孙富贵。添新一口答应。

原以为这样的生活会一帆风顺。但添新万万没想到，他所欣赏的信仔有一天会被捕。连报纸都刊出信仔的照片，与身家介绍。当时正值添新农具买卖事业的高峰期，与日商、银行许多都有往来。他一直不知道信仔的真实身份，妻子也未曾在言语中透露弟弟在进行这"危险的事业"。

他百思不解，他是否是共产主义要打倒的剥削阶级呢？他是否操纵着生产工具，将农民们辛苦劳力挣来的钱放进口袋后，才把他们需要的工具卖给他们，而中间已经被剥了好几层皮？他懂得不多，但听到共产主义要革命的目标时，还是心中一凛。是不是自己的事业，让这位小舅子心生妒恨？为什么这个聪明的人想要毁了自己呢？他不是因为这些条件才能够接受栽培吗，怎么反过来被批斗了呢？这些都是不义的吗？

为这些问题困扰就罢。令他冷汗直流的是，信仔若一直以来与农民运动接触，那些土地问题解决、农村封建势力排除的计划都跟他有所关联，中间稍有不慎，他的农具店可能就是日警一直监视的对象。也许信仔也利用过屎沟巷这边农具批发，掌握农民与农业政策的细节，也或许日警早就一直在注意他们

　　　　　　　　　　　　　不 笑

之间的互动。

他回想，1929年日警因为台共渗透到农民组织，进而掌握领导权时，进行全台大搜索。范围遍及台北、新竹、台中、台南、高雄各州，农民组织不论本部或支部、相关组织与干部住宅皆大举搜查，没收证据达3000余件，逮捕者达59人。重要分子如简吉等13人被捕并判刑。那时候信仔甚少来访，是否也与他有关？信仔一直以来都是劫后余生、逃过一劫者，他的飘忽不定，实际上都可能危及添新的农具店？是不是真的如信仔的组织所愿时，他的一切家产会被没收？

对此，妻子不发一语，没有谈论的意思。

他是担忧过多了。也许。信仔与妻子终究值得信任。他虽然没有勇气看报，听得地方人士谈论，信仔沉默抵抗，不出卖任何人，亦不变节，在被牵连的恐惧消退后，对他多属好评。屎沟巷的农具店，大抵上还是同情农民，知道他们的处境，人民对于殖民政府，也并非没有怨言。过了一段日子，到了信仔被判刑的时候，在地方上已经化为英雄的形象。即便如此，添新也好，潘笑也好，阿宽也好，没有人对此发表过任何意见，在彼此面前都是沉默的。那沉默像是一种支持，陪伴着狱中的信仔。

与舅舅最为亲近的阿宽，在信仔入狱的那几年，默默读完中学。阿宽前赴京都同志社大学读书，在港口上，他婉拒了家人的送行。他想，也许学成回台的时候，三舅也出狱了。到时候应该更能理解信仔舅舅为什么支持共产主义，以及他想要的是怎样的社会了。届时，他们可以讨论，也许。

潘笑依然贤惠，子女们一一长大成人。战争生意下滑与财务吃紧，他们还是努力守成。

信仔被捕入狱，没有危害到他们，甚至在地方上博得同情。且添新不但不气他，只是有点不理解，但还是原谅了。他都放下了。理论上，或许这一切相关的烦恼其实都无关，他不该过不去，不幸的是忧郁还是缠上他了。事情过了，心里也放过了，忧郁不知道为什么就是没有放过他。

添新凛然想起，在他们漫长的家族史里，总有几个人最后是疯的。有些是痴傻了，有些是忧郁而自杀了。忧郁像头蟒蛇，缠着肩颈，越来越紧，难以喘息。

他忍着忧郁度日，希望一切如常。只是终究瞒不过妻子潘笑。

添新终究没有自杀。他五十余岁，便因肝病过世。他死于岛上发生大屠杀事件之时，神经纤细的他幸福地避开他必然无法承受的世界。据说，守灵的那夜，潘笑矮小的身子守在丈夫的尸身旁，温柔的眼神像是照料着熟睡的子女。那晚她的表情，有那么一点点接近微笑，如此宽慰人心。但其实除了三子之外，没有人知道她当时想着另一件事。

不　笑

四

　　在一些外人开始察觉潘笑不平凡能力的时候，已经为时已晚。接下来漫长而看不到尽头的日子，知情者没有机会谈论。他们记得那个日子，"二·二八"。他们见证"屎沟巷的奇迹"，可是既然是奇迹，就不可能轻易再度发生。况且那对于他们的恐惧于事无补。

　　添新早逝，长子次子匆忙接手事业。时代是无情的，尤其对于他们这样一个出过台湾共产党员的家族来说，未来并不光明。多年以后，家族内仍有人谣传，那时，若不是为了让信仔逃离台湾，他们不至于会家道中落。但还能怎么选择呢？

　　潘笑是对的，如此而已。似乎所有人皆无法反驳此事。

　　农具店的生意拯救不起来，她建议儿子们低价转卖掉存货，并拿出一笔私房钱，经营起杂货店。尽管比过去辛苦，也至少找到生存的方式，可以安分守己过日子。

　　安分守己，对某些人而言如此困难，仿佛他们的存在就必然招人注目。譬如最有学问的三子阿宽。他是整个事件最靠近危险之人，他的学问，他的留日背景，他无缘由放弃新竹中学的教职，背后更复杂的猜想都令人捏把冷汗。要不被捕，要不逃离，但能逃去哪呢？

那晚，潘笑以成为寡妇后更薄更矮小的身躯，在大厅当着子女与媳妇的面，扇了阿宽一个重重的耳光。并要他这位没用的书生立刻离开家门，不许再留在这个家游手好闲。所有人来不及反应之际，她已经起身回房，回到那无比的沉默之中。

阿宽离开新竹，到了台北找工作。尽管有些怀才不遇，至少这辈子平安度过白色恐怖，已是大幸。

其他女儿们平凡地出嫁、生子。稍微不幸的，是家族遗传的忧郁与疯病，概率性地发生在子孙身上。

可是这一切已经很好了。

无论家庭里外，知晓潘笑有难以解释的能力者，以及知道一直是她默默支撑安排者，没有机会开口询问。关于她是如何在刚丧夫的状态仍可以一手安排台共弟弟的逃难，如何在事后抹去一切证据且未曾被追究过；或是她如何引导或影响子女甚至孙儿们的道路，以她最为单薄的身躯、最少的话语，让这个家族全部幸免于难，这世界上不会再有人知道了。不仅是恐惧而不敢追问，也是因为她的沉默实在太难打破。

她余生那二十年，已经很少人提到她不笑。人们不再在乎她缺乏笑容，而是缺乏言语，以及缺乏存在了。她活得犹如缺席者，守在那，仿佛很久很久，比一个人能记忆的极限还要久。

不 笑

潘笑不笑，是她独有的特质。他们姐弟皆有神通，唯独潘笑的神秘是写在脸上的，无法破译的密码。她比两位弟弟更加奇特，却更渴望平凡。没有笑，已经是她能接受的最好的代价了。不笑，久了像是面具，藏得住更多秘密。有些事她连弟弟们也不愿透露。

姐弟间没有谈论过他们与他人相异之处，包括彼此之间。

阿仁的在场犹如不在场，躲在人们言语间，可是他的隐形没有逃过潘笑的眼睛。

信仔看见现实的缝隙，并难以抗拒地钻进去，直到失去踪迹，但潘笑始终知道他在哪儿。

那么，潘笑本身会什么呢？她什么都不会，只是比平常人更嗜爱睡眠。潘笑爱睡觉，足不出户的大半辈子当中，她实际上在房间里做什么事，没有人能回答。她真的在睡，不论外头生意多吵闹，迎神的鞭炮列队，官方的广播宣传，或是来访的客人的喧哗，她要睡的时候，总是不发一语，拉上门，独留在安静的梦中。她连梦里都是安静无比的。

她有自己的房间，原是做佛堂用。一尊木雕观音，一只细颈花瓶，一盆小香炉。她的家族与夫家无人礼佛，她不去寺庙，亦不读佛经。她会捻一炷香，时时更换新花，盘坐在观音前闭眼。像是在沉思，亦像是坐着睡着了，一闭眼就是数个小时。很难说她信仰什么，然而又予人十分虔诚之感。她在里面待久了，渐渐就像住在里面了。尤其丈夫去世后，她的余生，几乎都在那里度过。

她在房里相当安静。安静是会扩散的，在门外的一两公尺，声音好像会自动地平息，空气不震动。那与沉默不同，尽管日常生活里，她越来越沉默。沉默与安静，在那个时代，她无缘亲眼见证终结的恐怖时代里，到处都是沉默，可是缺乏安静。

因为沉默，所以多语。怕的是沉默里压抑的记忆冲口而出。怕的是内心的话语泄出，进入无辜子女的意识里。怕的是身边最信任的人的背叛。怕的是你不发一语仍然有所密谋或不满。怕的是暴风雨前的宁静。所以说话，说着口是心非的话，说着勉强学习却始终被取笑不标准的普通话，说着所有人要一致复诵而无灵魂的话，说着无关于自己过去记忆的话。只为了说，生怕那一刻的松懈，再度开口便压不住话语，犹如纸包不住火。

经历过那段日子的人，皆无比怀念安静的时光，并悲观地认为再也无法拥有了。真正的安静，在心内，自己就在那里，你知。没有必要可以不说，需要时也未必要说，不说也不要紧。当人们不停地说话，说着不属于自己的话，在这块土地上成为带着口音的异乡人时，安静，便成为这岛上最匮乏的资

不 笑

源了。

有识者也许会想，悲哀，这岛上所有的人，都说着谎言，相信谎言。恐惧也好，接受也好，结局都是一样的。

潘笑的房间，是岛上极为少数真正安静的所在。她将安静带回自己的房间上锁，尽管如此，仍是令人欣慰不已的。那与外头全面占据的沉默不同，那像是觅得了秘境，看见森林中的神兽安静栖息而不愿打扰，或像是啼哭不已的婴儿突然安详沉睡，会自愿地放慢动作，甘心成为环境的一部分，共享那份安宁。有时，她的子女与孙儿，会在某些特别脆弱的时刻，静静地坐在房门前，听着没有声音的声音。感觉像一点点地靠近安静，像梦到死去亲人犹在人间般的甜蜜与哀伤。

潘笑没做什么，只是做梦。做着不一样的梦，需要足够的安静，宁可放弃言语才能换来的安静里，才能做的梦。

同枕多年的添新一辈子没能知晓她的梦。她的睡姿世间罕有的优雅，犹如卧佛，若月光透进来，打在她皮肤上，滑玉般的圣洁。她从不辗转难眠，躺着便进入睡眠。睡梦间她呼吸极微，不靠近甚至会怀疑她是不是还活着。她不说梦话，没有半梦半醒的胡言乱语，也没有任何一次醒来后转述她的梦境。她平稳的睡姿难以判断她做着怎样的梦。是美梦，是噩梦，是关于过去的梦，或关于未来的梦，在梦外的添新是不可能知晓的。

她是会做梦的，添新确信着。如果要说理由（毕竟也没有人问过），他也许会说，因为自从在她身旁睡了之后，自己就再也没有做梦了。他的梦被潘笑的梦吞噬，潘笑的梦是贪婪的，即便她毫无所觉。添新怀念做梦的时候，会借口独自到账房席地而睡，直到找回一两晚甜甜的美梦后才甘心回去。

她的两个弟弟不知道潘笑的梦，可是他们都感觉过自己被梦到。信仔在台共组织潜伏与四处躲避追捕时，唯一逃不过的就是姊姊的梦。会有短短的时刻，他知道自己被梦到了。他因此也与自己拉开的一点距离，稍微有点预知的，看着自己与周遭环境的变化。被梦得越久，就能看得越多。他承认，好几次他冒险过度，在濒临绝望之际，潘笑的梦刚好来到。像个透明的薄膜包着他，带离了一点点的时间，使得他看见眼前的死路，成为不同未来的歧出点，才得以成功脱险。

也许这需要代价，也许她一直以来都在付出难以想象的代价，然而她并没有说。

这也是他们兄弟俩为何默默感谢着她，在急难时会想到她的缘故。只是无比抱歉，她在自己梦的世界到底经历了什么，就连他们也不了解。

不 笑

六

最后一个关于潘笑的笑的故事，是在她离去的那天。

在老一辈的人陆续凋零后，关于潘笑会不会笑这件事，更没有人会介意了。

或者说，连她的存在，身体状况，过得好不好，这些事都没有人过问了。在那朱家的旧房子里走动，会自动避开她的房间而不自觉，客人来访与离去她亦不露面，客人也亦无察觉她的存在。她似乎刻意活得不为人所知，遭人忽略而遗忘。子女固定三餐送饭到门口，偶尔忘了，她亦不恼火。举家外出时，也没人知道她如何解决饮食，因为街坊邻居无人见证她出门，或开灯下厨。

孙子孙女们的印象里，没有祖母的印象。偶有见过面时，最年幼者，也会意外祖母的矮小单薄。没人会厌弃或害怕她，偶尔会担忧她是否忧愁，是否需要关心。这些过度的揣测，永远堵在那道门之外。无妨。世间的一切与她无关，如此干净。

她走的那天，风有点大，比她生活大半辈子的竹堑的风还要大些，狂野些，哀凄些。吹得门帘飘起，房门震动嘎嘎响。她的早餐一直放在门外，所以不到中午就被发现，被她神经最为纤细，善良而有些疯病的女儿察觉了。

她早已把家产分出，所有人心照不宣，将葬礼简化，直到不能再减。怕是惊扰她的长眠。

据她的子女所见，她是含笑而逝的。

那不仅是她此生唯一可见的笑容，那笑容的样子，也与世间一切的笑不同。

为了守护这秘密，子女在发丧前便早早封棺，让她可以将笑容带进土里，与早逝的丈夫做伴。

不　笑

焚书

（一）

　　他经常噩梦醒来。闷着，醒在夜半中。心脏在胸腔强烈撞击，胸口仿佛千斤重。叫喊不出，四肢动弹不得。他总是这么安慰自己：没事，习惯就好。无论是噩梦或现实，都一样难以呼吸。

　　于是每回噩梦惊醒平静后，他会继续睡，哪怕回到重复的噩梦。

　　自从那事件后，他重复做着两个噩梦。

　　一是背景模糊的视野里，疑是信仔阿舅的身影，像是靠近亦像远离，像是现身亦像是隐没。

　　另一个则是那个地下室。

　　说是地下室，其实是废弃的防空洞。无论梦里梦外，他都能无比确信地，指认那间地下室的所有细节。那个他再也没有回去过的地下室，完整储藏在他的梦里。不需证实，他知道梦里的所有细节，包括空间大小、空气湿度与气味、地板的粗糙与所有的物件，都是当初那个。

　　在梦境里，他在那间地下室，手里的蜡烛烧到极短，眼看要熄灭了。烛光摇曳照亮他周围，他模糊地看见，沿着地下室的墙全是书架，上头摆满了书，许多书背都被虫蛀掉了。他

　　　　　　　　　　　　　　　焚　书

恐惧又兴奋，凭着烛光，一小步一小步地前进。怕是弄熄了烛火，也怕是惊动这些抵御着时间的书。他感觉，如果一瞬间失去了光明，也许不只是烛火熄灭了。而是这些书终究抵御不了时光，随着光明消逝，一同掉入深渊了。他想保护的不是烛火，而是这些书。这些书上的光，他向往，却不敢靠近。

除了中文书外，这里还有大量的日文书，英文书，若干的法文书与俄文书。他咽了口唾液，像是偷闯入他人宝库内的贼，或是闯进食材库的乞丐。如此饥渴难耐，出现在眼前的却是奢侈到目眩的丰饶，一时之间不知如何行动。文学、历史、哲学、社会学、经济学、法律学，他既遥远又模糊地在书背间慢慢扫过，有随时会全然被剥夺的凄苦。贪婪无比地看，甚至是愤怒地、不满地看，怨毒地看：那些，全是禁书。不仅不能阅读，不能拥有，他得努力压抑渴望，不去想这些书，这文字与思想可能带给他的快乐。他被迫地恐惧这些他渴望无比的书。

可是这些书在眼前，全部一次出现在眼前。仿佛恶戏般的准备好，将所有他曾渴望的，正渴望的，会引起他渴望的所有的书，聚集在这里。他同时发现，内心里审查起每一寸移动所照见的书背，每一本，都有被禁绝的可能，并惹来牢狱之灾。这如同宣判，被禁的，其实不是书，而是他的思想，他的语言，他的欲望。在禁止之中，烧得愈来愈旺的欲望。

必须毁了这些书。微光烛火，与发散着不可见的光芒的书本，一经阅读就会照亮思想里那团蔓延无尽的黑暗。他多想趁蜡烛熄灭之前，拥抱这些书本，甘愿与之同归于尽。

他总会颤抖着手，火要熄灭了，还来不及看任何一本书，带走任何一本书。

他同时知道地下室的门要彻底关了，再不走就再也出不去了。

他也知道梦要醒了。

他鼓起勇气，却又矛盾地感到卑贱可耻。即使知道是梦，即使知道醒来后，这里连一张纸都带不走，一个书名也记不住，他仍无法感到安心。

一定要亲手毁了，他再度告诉自己。

他在烛火烧尽的最后一秒，轻轻点燃书架上任意一本书。火势不可挡地蔓延，像是跟他一样饥渴的灵魂，吞噬着这些书。他索性不逃了，就让火焰也将自己吞噬，陪葬着这些书本。

他醒来时，往往满身大汗，却又全身发冷。

那些书在梦里也不能留。他告诉自己并无遗憾，因为现实之中他早已焚毁过这些书。

已经烧过了。他安慰自己，不管余生会梦到多少次那间地下室，那些他真的都烧掉了。

如果记忆没错的话。

成为职业密谋者后，他随身带着一本书。放在书袋里，或藏在衣襟里，不管到哪儿，他身上都有一本书。

他身上也只会有一本书，经常换。毕竟他读得快，记性又好。主要是，对一个职业的密谋者来说，一本书往往透露太多的讯息。书的来源、上头的记号、留下的污渍与气味，书的内容可能推断他的思想与状态。一本书，看完就藏起并不再回顾。此辈之人首先要舍去对于物的眷恋。

他还不识字的时候就会偷书了。

一开始，当哥哥阿仁上小学，他第一天便偷偷跟去，躲在角落里偷听着课。固定的姿势缩在角落，感到无聊，昏昏沉沉睡了。回到家后，没人察觉也没人盘问，除了知晓一切的姊姊阿笑。他天天跟去，直到累了才离去。父母为了儿子不忘本，私下安排阿仁课后私塾，学习四书五经，他依旧跟着哥哥去了。并以同样的方式待着。私塾的先生开始跟人抱怨，自己老了记性不佳，常常发现一两本书不见了，过一阵子又完好如初出现在架子上。

到了该上小学的时候，他突然说要去跟日本人一起上小学。家人不明所以，想要说服他时，寡言的阿笑说，不如考考他。阿仁拿起自己的课本询问，不论普通话、算数、汉文，他皆对答如流，所能回答者甚至超过阿仁的年级。他亦背起《论语》《孟子》《孝经》等书，令父母甚感惊奇。他们请来私塾先生，判断他的天赋。一对一地问答后，先生说："可惜，若是较早，伊可能中进士"。

就不论他竟然还说起日语，写起标准的平假名、片假名与汉字时，他们又惊又喜的反应了。

阿笑与阿仁一点也不讶异。他们只告诉他，书，拿了记得要还。

他谨记这点，自童年起。他依然热爱着书，后来也买了许多许多的书，旅行或逃匿在各处时，总有办法弄书到手。可是他不以为那些书本是属于他的。那些书是借来的，暂时有幸在他手里，甚至留下笔迹、汗渍，甚至逃亡时不慎受伤沾染的血迹。这些书终究要还回去的，可以属于任何人，但就不属于他。

抱着此信念，他选择的颠沛流离的一生中，没有一刻放下书本，但也没有一刻真的喜爱阅读。因为这些，都会归还的。

三

　　他的第一本书是信仔阿舅给的。

　　阿舅每次出现，都会带上满手的礼物，不仅大人，连每个小孩都人人有份。譬如玩具、精美的小雕刻、放大镜、帽子、小领结、鞋子，这些礼物许多是从日本、美国，甚至不知哪里来的。阿舅似乎懂童心，带给他们最需要的物品。孩子像看到一个满载而归的船长，带回了无数的金银财宝，他们是船员，分封着这些独一无二的财宝。

　　他记得收到第一本书的时候刚满五岁。他当时因为鼻炎，冬天时常挂着鼻涕。他天生洁癖，往往把鼻涕用力吸回，拼死命吸，使得鼻窦发炎更为严重。他渴望收到一条干净漂亮的手帕，可以折得方方正正的，像块豆腐，流鼻涕的时候，可以优雅地擦掉。没想到拿到的礼物，是一本长方形的册子。他还不识字，毕竟离他上小学的年龄还要两三年。他以为自己最受宠。收到这礼物时他完全不明所以，只见其他的兄弟姐妹互相好奇探看对方的礼物，比较或炫耀，就他孤零零一个拿着书。书对他来说太大本，太沉重，而且没有意义。

　　他不爱哭。小小的手把书抓得紧紧的。他头一次体会什么叫不甘心。他想跟眼前开心的"他们"说，他收到的礼物才是最棒的。

那天夜里，他被阿舅叫起，并要他带上那本书。在客房里，小烛台下，阿舅一个字一个字教他念。那是本日文童书，阿舅说那是他非常喜欢的作家，他喜欢那位作家的故事。作家，他第一次听到这个词，从此记下来了。他们读，不论他尚年幼而不识字，不识汉字与假名，他不多加解释，仅仅教着他识得。

之后是汉诗、汉文读本。依然，不问难易，毫无循序渐进或任何规划，只要他跟着。在半字不识的状况下念着，反复着，阿舅解释着，不论他懂不懂。阿舅每带来一本书，他就将手上原有那本还回去。不顾书有无读完，兴之所至，便抽换掉手上的书，立刻跌进另一本书里。

再来是英文书。阿舅说这是一本很棒的美国小孩的探险故事。他对美国只有模模糊糊的概念，而书上的字母是他完全未见过的。听阿舅念起时，那全然陌生的语言，简直像是美好的音乐。像是栽种多日的果实发芽，至此他燃起求知欲。教完二十六个字母后，没有讲解文法、没有讲解发音规则的状况下，他们的阅读，犹如不可思议的探险。

他们持续了三四年，频率不一。实际上，这样的时光并不多，大量的时间，是他抱着这份礼物，一个人沉浸在自己的世界里阅读的。这些阅读的时间看似孤独，却一点也不，一方面是书里有广阔的世界与许多朋友，另一方面读着书时他感觉三舅就在身边。

接近学龄前，一经测试，他成为神童，不但早已识字，会

焚 书

读会写会作诗，还会日语，甚至连英语都会。这让他能与日籍学童一起上课。他没机会说，尽管懵懵懂懂，法语与俄语的小说，他们也读过了一些了。

他成为家里所谓的读书人，这好像是从小就注定的事，直到成为怀才不遇的落魄教师时，这身份依然烙印在他身上。

人们都以为他饱读诗书，精通各种语言。实际上也是。可他总觉得，他一直以来读的那么多的书其实是同一本书，说的那么多国的话是同一种话。那本书从来没读完过，就像那种语言从来没被说过。从那一夜与三舅读起他的第一本书起，往后只是延续。

四

　　他一生都觉得被压迫。也许他是幸运的，善于躲藏，懂得保身。他可以行踪成谜，只要不回头，他可以成为世间最伟大的冒险家。然而他清楚自己是无法伟大的。

　　把自己折叠又折叠，钻进现实的里面又里面后，他知道还可以再逃。然后有一日，他发现如果继续如此，会窄到无法回身。他会无法再通过变窄的自己回到原来的地方。

　　为了抵御内心无来由的慌，他持续阅读。逃亡者总是沉默的，在书里面可以找到同类，寄存在文字里的呼喊，与他渴望的明亮。尽管不是每次都奏效，茫茫书海中，真正能触动他的书不多。

　　他疑问，那个无论他怎么逃，怎么躲，怎么易容改装，怎么万无一失地安排，仍挥之不去的威胁感是什么？他与其他年轻人一样早早加入文化协会，他期待文明的力量终究可以反过来成为被压迫者的武器，以话语与笔，甚至行动来改变社会。

　　他读着书，从大家都读的书，到了众人所不读之书。他执意寻找，读别人不懂的文字，寻找殖民地政府不让人知道的历史。他有许多罕见的书，尚未被挖掘重要之处的作者。

　　终其一生，少有人真正见他读书的样子。他视作自己最私密，最不愿与人共享的样貌。就连他的妻子，他的情人们，都鲜少有机会。往往只能瞥见他优雅收书，开口话家常，却怎样也不提他所读的书。

也许世间只有一个例外，是与他最相像的、少点灵感却多些忧郁的外甥阿宽。他带着外甥读书时，像是某种对于自己的修正。他带阿宽读着各种外国文字，外国的小说、哲学、社会学、经济学、历史、法律学，其实暗暗地，想告诉阿宽一个连他自己都不太愿意面对的想法：有这么多迷人的书、文字与思想，那么多精彩的故事、人物与历史，但回过头来，关于我们自己的故事，其实少得可怜。不是没有人努力过，是相对而言，实在太匮乏了。

他读了许多书，不是义无反顾。反之，他愈来愈怀疑知识的用处。矛盾的是，要他真的放弃，还是得透过书本。哪日思索通了，确定真的是无用的，他才会安心放手。他一本一本书的搜集来，四处摆放，又忍不住冒着风险搜集回来，藏在某处。他舍得任何一本珍贵之书，令他热血沸腾、令他无比欢快、令他大梦初醒、令他豪情壮志、令他绝望无比的书。他早早定下规则，看过一轮，就当作身外之物。却又难以亲手葬送这些书，默默又聚集起来，提醒他这么多年的徒劳无功。

讽刺的是，作为组织中的一员，对书籍，对知识实在不应如此拜物。他的许多同志，即使在讨论严肃事项时，也鲜少如他执着于思想逻辑，以及这些如何实践的问题。

他仍然组织读书会，教农民读书，让他们有阶级意识，认识到自己是被压迫的，是该反抗的。这些事可以让他稍微心安。他接受任务，乔装各种身份，指导农民与工人们如何组织，如何动员，如何甩开跟踪，如何煽动后又隐遁在人群之中。

曾有那么几年，他感觉底层的翻涌。而同为台共干部的同志，尽管时有纷争，大多相信时机就快成熟。他直觉敏锐，心里担忧却无法诉说，只能更积极地将自己的"本事"交给那些孩子们。他当时不过二十来岁，看着那些十几岁的少年少女，竟有了父爱。他不敢或不愿说出自己的期待，因为那是如此矛盾：他希望他们真正的醒来，感受到不公平、不正义、被压迫、被剥削，同时学会在覆灭时刻到来时有办法逃脱与安全躲藏。然后，不要放弃希望。

他曾遇见过几位天资聪颖且值得栽培的孩子，动过念头教导他们读更难的书，了解更深的学问，更复杂的历史。斟酌之下，仍然舍弃了。

他希望，将来这些孩子们幸存了，不论经历多少磨难，或更大的压迫，偶然记起他时，是另一个样貌。至少，那个样子，他是有自信的，有行动方针的，有手段的，有本事的。不愿意在别人的回忆里，是一个在书本当中苦恼，在思考中总是钻进死路，孤独而自厌的身影。

他并不想否定，自小以来伴随他的书本，一路引导他走上这条路的书本，竟是一点用也没有。就像他不愿亲手丢弃这些书，毁去这些纸页，却也犹豫该不该让更年轻的灵魂步上他的后尘。

命运帮他选定了继承者，在外甥阿宽身上确实有同样的天赋，却是更大的苦恼，更少的实践。那也罢了。总会有答案的，也许只有他哪天不必再逃时，与他受相同的苦的人不必再逃时，就可以开始找答案了。

五

在此之前，他遭遇过两次焚书。

与三舅不同，认识他的人，只要回想关于他的印象，总是在看书。他的书包塞满书，也有特权享有一间书房，里面有三舅送的桧木书桌，几个简单的木头架子，上头整齐分类着书本。名义上是孩子们共有，实际上只有他一人会使用。他并不霸道，也无意独占。但这家中最小的儿子早已不需由谁认证，家人自然有默契将位置保留给他，将资源投入在他身上。

十岁那年，阿舅被捕，家内讳莫如深。母亲沉默，他亦沉默。他用自己的方式理解整件事，并不意外或难过。感觉像少了一个很重要的朋友，只不过他已学会孤独，从阿舅那里，在文字里，享有比独处或独自一人还要更深的孤独。

很长一段时间，他将一切视为理所当然。如此幸福，即使面对恶意时。他求学过程中一路受日本人欺压，先辈的言语与肢体恫吓，日籍教师亦对于他有诸多刁难。他隐忍恶气，在书里寻求慰藉。

阅读有时是柔软温暖的，足以修复生活中各种心灵与肉体的殴打或羞辱，有时也会坚硬冰冷得供他砥砺心志。是抵御的盾牌，也是进攻的大炮，他在自己的心灵图书馆内是个帝王。

无比相信终有一天，台湾人会摆脱日本殖民统治，可以平等、自由地呼吸。届时可以不带任何罪恶地读他喜欢的书，不必欣羡日本内地的文学多耀眼。

他渐渐争取到某种程度的尊严，尽管知道是表面的，日本人的善意也纯属个人的、偶然的，有时甚至是政治的。他不但日文流利，课业表现突出，私底下也开始写起汉诗，用日语写些短篇的故事。故事里往往是个有志且有才华的台湾青年与身份悬殊的日本小姐恋爱的故事。像他喜爱并翻读多遍，也拿起原文读过注记的《红与黑》。他想象自己也有朱利安那份过人的才华与俊秀（事实上他长得并不好看），脆弱又高傲的自尊，并无比浪漫的死亡。他想象自己不畏惧死亡，想要漂亮的、精彩的死。他想象过三舅被处决的样子，并有点胆怯地努力想象自己为了更崇高的事物而死的模样。

他如愿录取京都同志社大学。家乡父老兴奋莫名，准备了一大串鞭炮，响得屎沟巷藏匿在农具、米粮堆中的老鼠吓得逃窜，还有几只心脏麻痹当场死亡。

他到了京都，寄宿在一个同样是经商的日本家庭里。他得到良好的照顾，因为他的学问与专注，他的房东夫妇对他相当礼遇。他尚年轻的欲望，羞怯地投射在负责打理他生活小事的房东女儿身上。如同他想象着自己是作家，在笔记本里以文字素描他们可能的爱情。或激情饱满到难以承受时，他会写下一封一封的情书，渴望哪天可以传达到房东女儿心上。

当然他所期望的都没有发生。对于现实，他太迟钝或太怯懦。房东的女儿在父母安排下，嫁到了东京，而他的小说只写了开头，便无以为继。他以为拉近了距离，甚至以为自己已经属于这个世界，可是某些界线是他无论如何也无法跨越的。

他想更专心地回到书本里，却怎样也无法如同过去那般投入。他草草完成学业，一毕业家里便催促他回乡。他怅然若失，丝毫没有衣锦还乡之感，甚至感觉他丢失了很重要的东西。

他攒下最后一笔钱买了船票。同乡且是远亲的友人同年毕业，买了另一艘船的船票。友人提议两人互托行李。如果他们之中有任何一人所搭乘的船出了意外，另外一人可以将遗物带回家乡。

1943年3月19日，从神户出发前往基隆的"高千穗号"遭鱼雷击中，十五分钟内沉没。他一生的挚友，与他这段岁月里刻苦存钱买下的书，写下的日记，与房东女儿的通信，全沉入了海底。

他总想象就在那一片海上的火光与浓烟里，葬送了他的青春，甚至烧去了他的所有抱负。尴尬的是也许更早之前他在心中，就已经有一股火焰烧着，恨着他读过的书，与恨着读书的自己。他回想不起他失去了哪些书，那些丧失的笔记本里又写了些什么。为此，他感到愧疚。

1945年3月17日，仍在关渡当兵的他并不知晓，美国盟军轰炸了新竹空军基地，也波及他们家。他们家的楼顶失火，连带他的书房一并毁了。他细心保存的书本付之一炬。当他回家的时候，已经是尚待适应的新时代了。看着准备重建加盖的阁楼，与灰烬也不剩的曾经存在的书，他只冷静地说："人无代志就好"。*

　　阁楼重建好后，他没有意愿作为书房使用，仅作为仓库。之后，"二·二八事件"发生，却在那里藏匿了台湾共产党员：他的舅舅，带他走进书本世界的人。屎沟巷的奇迹发生，他一直觉得冥冥中是那些消失的书在保护他们。一如随着"高千穗号"沉没的书本与手稿是代替他而死，空袭中烧光的书保全了他们的家。

　　这些想法没有来得太早，恰在他走进那地下室里，看见他此生未曾见过的美丽藏书时来到。

-----

* 　闽南语，没事就好。——编者注

六

　　他一直写而没想过发表。从某个时候起，他就再也没有写在空白纸页上了。

　　除了家书或一些庶务需要外，他没有使用任何笔记本，亦没有其余纸张。有的只是他随身的书。

　　一次一本书，伴随着他一段日子。他所有的文字，全写在纸页上。有时是阅读的眉批、注记，更多时候不是。他任意在书页上涂写，顺手写下，像是札记一般。写诗、写评论、翻译、政治思索、历史研究、小说、随笔，当然，还有日记。

　　漫长的逃亡与伪装生活里，他读完一本又一本书，也写完一本又一本书。这亦是他不愿再重读书的原因。与其说是习惯或癖好，更像是属于自己的禁忌。他必须在这朝不保夕的人生，不回头地读与写。

　　他亦有另一种天赋。论记忆，他远不如外甥阿宽。他未必记得书的内容，但他往往记得自己在上头写下的文字，或是带着那本书期间发生的事。包括天气晴雨，流水账的记录或个人抒发，他都记得，而书本身的内容任其遗忘。他无比清楚开始这个习惯以来读的所有书的顺序。那些书在他生命中的哪个时期陪伴着他，他了然于心，就像记得回家的路那样清楚。即

179　　　　　　　　　　　　　　　　　　　　　　　　　　焚　书

使他有时发狂般地读，一日便换上两三本书，记忆也没有出错过。因此，在他的秘密藏书地点，是以另一种方式摆放，犹如整理过后又再度编码起来，仅供他自己回望的记忆书写。以文字，以及写在上头的文字，排列组成另一种密码，写成他不为人知的生平。这秘密他将留给外甥，同时不解释。他只需要阿宽见证这个秘密，然后销毁它。如同把他的人生残余的最后痕迹一次抹去，干干净净地。

写在书本上时，他无比甘心。像是种隐喻，在最幸运的状况下，他的存在痕迹，就是一则注记。若有人偶然拾起，有些人会当作脏污、缺陷、破坏、扰人，或是姑且视而不见。但也或许有人会好奇，会对记号紧追不舍（像他的跟踪者们徒劳追寻？），会因此视之为独一无二的。或许会有那么一个人，偶然见到这些书上的痕迹，虚构了故事。他有时会因此感到被安慰，即使那个故事也许早与他无关了。

尽管如此，他还是决定要在告别世间之时，烧尽这些书。非烧不可。

书写永远是复写，世间没有一张空白的纸等待着我们写。他在放上最后一本书时，突然想到这么一句话，终究没有写上去。他关上门。吸口气，准备继续奔跑冲向约定的港口。

既然一切都是复写，那么不会有什么可以真正被毁去，亚历山大图书馆如此，秦始皇焚书亦如是。总会有人继续在上头复写下去的。这句话即使没写上去，也无所谓了。

七

　　他的人生就如此了。既然那一刻，他没有随着三舅上船远离，并循着三舅的嘱咐，一一清除他于世上留下的痕迹，才会最后以为万无一失时，在阁楼角落的最尖端处，找到那张纸条。

　　他以为那张纸条可以纪念，作为三舅留给他的礼物。没想到顺着纸条的隐匿讯息，他找到了那间地下室。像是个玩笑，在费尽力气帮助三舅逃离后，却在这里看到三舅将其一生所有档案都寄放在这。

　　他想象，若是有这种奢望不得的幸福，余生在此间生活，阅读三舅读过的、思索过的、写下的，他也许能不再怀疑，就专心沉溺在这间地下室里。

　　他等待时机，直到"二·二八"蔓延全岛的火被完全扑灭。等到岛上有形与无形的火或任何可能引起火苗之物只能藏匿在更深之处时，他终于放火烧了那间地下书库。

　　他在离开新竹前放了那把火，然后坐上那班夜车。近视极深的他，透过列车窗户的倒影，隐隐看见远方有黑烟升起。他没勇气将头转向那个方向，继续看着车窗的倒影，将虚幻留在虚幻，现实更加虚幻时，他才好过一些。

　　他还有很多才华有待忘记，好在还有时间。

　　　　　　　　　　　　　　　　　　　　　　焚　书

在此之前，要忘的东西还有很多，可以不要急。那些被夺走的财产，被剥夺的权利，被践踏的尊严，被摧毁的日常。那些死者，大批被枪杀的人民，被抓走不知何时能归来的人，那些目睹恐怖场面而内心损毁再也无法修复者。还有无形的、原以为属于自己的历史、文化、语言，还有曾经以为确实拥有的希望，皆在旦夕中覆灭。

倒影的烟慢慢远离，故乡也落在后头。地下室的书也许早已化为灰烬。即使他心里面，比里面还要里面的地方，有把火还在熊熊烧着，凶猛地像是能吞下一切事物。尽管如此，他下定决心，既然留下来，就要存活，保留一点火苗，流传下去。

他先到了六张犁，却摆脱不了关于三舅与政治犯的噩梦。全家最后落脚在台北市的边缘，三重埔的老房里。他有时也不免诧异，原来他也可以这样过日子，而孩子们也可能如此无忧。他一直隐隐察觉，也许他是兄弟姊妹当中唯一察觉的：他的母亲与两位舅舅，是有点不一样的。他亦以为，相对于他们，自己除了会读书外，没有其余的长处。进入这时代后，更显得一无是处，甚至是有害的。

直到某一天，他偶然从书房走出，看见孩子们排成一列坐在椅子上，想象自己在一条船上准备出航。这是他的习惯，每晚睡前命令小孩用椅子堵住大门，从门口排成一条长龙。

对他而言，门外始终威胁着，经常有人跟踪他到家门前。他怕跟踪者闯入，不仅将他带走，也会钻进他更深处，掏空他的秘密。同样一道门，对孩子来说，看到的是门外的未来。

他突然体悟到，原来自己能被母亲与舅舅信任，是因为他也有一份只属于他的能力：他是这世间最能够守住秘密的人。

他的多虑，与他对于试探、跟踪、套话、监视的抵御能力，即便真的被举报而入狱，挨过严刑拷打，他也是这世间最能守住秘密的人。他可以让一切秘密沉到最深处，直到自己都忘了。

他想起曾经读过的法国小说：有位军官，在战争的初期被长官交付一个秘密任务，却在执行的前夕被敌军俘虏。他被当作一般的俘虏对待。他一直战战兢兢，不让任何人知晓他有秘密任务在身。战争比他想象的还要久，他抵御着诱惑，一路等到战事结束。他成功守护了秘密，然而，他已经忘记那个任务是什么了。于是，他找寻到那位长官，告诉他所做的坚持与苦难，军官却说自己完全不记得有这么一件事。

如果是这样，他或许可以从容一点，不必惶惶度日。也不用担忧子女们会探知到家族的秘密。他可以再多读点书，写些喜欢的东西。可是已经来不及了。况且，就是他这样的性格，使得他能保有这能力的纯粹，纯粹到他这么晚才发现，秘密到自己都不知道有秘密。直到他察觉时已经太迟，因此毫无威胁性了。

例如，他染上了轻微的酒瘾，虽不至于丧失机能成为废人，但在心底，确实有个部分，给酒精弄残了。他学习讲普通话，在学校里扮演一个平凡的英语教师，也学习写中文。但那份书写的欲望，早已荡然无存了。

他依然读，依然写，一个人。有时接触禁书，写点关于自由，关于台湾历史的论述，每隔一阵子，也就烧了。每逢烧香炉时，他都会默默在一旁准备另一个炉子，默默烧起书与他的手稿。他知道即使不烧，他也有办法藏起来的。只不过他还是选择那么做，不用理由。

他并不害怕，不是因为害怕。即使别人会这么猜，也许往后的子孙会这样推论。但如果有人问起，他会这么说：焚书不是出于害怕，是出于自由意志。可以销毁有形的纸页，让无形的事物永远存在，至少在他脑海里，是世上最安全的地方了。

他闭着眼就可以回想起那个书库。书库有两个。现实里的那个，每回他皆匆匆来去，罕有于此间流连忘返；另一个在他脑海里，他清楚记得每本书的封面的材质、污渍、破损以及摆放的位置。那些书是如何出现在他手中，又如何归入书库，他闭上眼睛，历历在目。

　　这就是他的历史了，他想。

　　没有一本书关于他，将来必然也不会有太多的笔墨，书写他的渺小一生。

　　再年轻一点时，在上海刚加入共产党事业时，在瞿秋白的恳谈下，他与翁泽生确实感到陶醉。见到苏联派来的东方局负责人时，他被寄予厚望，激起他豪情壮志。希望人生在世，该献身于崇高理想。他希望有一天能写下自己的回忆录，一位无名的英雄推动着历史。

　　他不久就失望了。他依然在组织里，在那个一开始就分崩离析、争权斗利、互不相让且不知道该如何定位的组织分支。他默默寻找其他的出路。

　　他一个人钻研起他们口中要信奉的理想，研究巴黎公社，搜集十月革命资料，阅读马克思，阅读费尔巴哈，阅读圣西门，阅读片山潜。他没有特别目的，也不是为了反驳什么。只是不这样做，似乎无法说服自己为什么要冒着险从事这份志业。尽管他也清楚，若真的想说服自己继续下去，最好的方式该是什么也不追问才是，包括对自己也该放过了。因为组织光要存活都如此困难。偏偏他最难忍受，当一切都是为了存活而不择手段时，那么理想还能拥有多少。

那就好像，曾经是那么自由地逃跑，最后却钻进出不去的迷宫；善于躲藏在人们的意识阴暗处，久了却同化在黑暗中无法挣脱。

无论是阅读或思考，或是他一直推动的组织与运动，在别人眼里充满自信的他，从内心深处更深处，里面的里面溃堤了。

在内心危机最大的时候，尤其狱中岁月中钻牛角尖而无法自拔时，他想自杀，也想偷偷越狱烧了他的书库。这两件事其实是同一件。他希望在焚书的时刻，将自己也火葬于此。

他认真策划，却在计划最完整，时机最恰当时放弃了。

原因简单又难以解释：不够干净。

在自己内心，他找不到词汇形容，或者说，找不到相同经验可以比拟，包括阅读间学习的、窥看他人内心的。那是他超乎常人的心灵中也遍寻不着的可以相比的渺小感受。

他决定交给阿宽处理。这就是他的个人心愿了。

他人生的最后，独自一人在上海。那是他加入组织的起点，也可能是终点了。疾病与营养不良，使他陷入昏睡。他做了好长的梦，梦里他回到了那座书库。

他在梦中细细抚摸每本书。在弥留的那几日，在梦里像是多活了一辈子，随着书与字流连于记忆。过去他想着一生究竟值不值得，此刻，不在时间的时间里，他肉体最靠近死亡的时刻，脑袋里面的里面，已经不再是问题了。

九

　　火点燃，书库的门，与外头防空洞的门都关上。

　　他们不需要重回现场二度确认，那里的书是否顺利烧完，或是否有人发现。

　　在那分不清楚是谁的梦里，他俩看着那把火仿佛永远烧着，直到那些书静静变成灰。

　　在那绚烂火光里，他们看见彼此，然后不需要靠得更近了。

远方的信

（一）

　　他听不太懂闽南语。

　　自小，父母在家都跟他说普通话。尽管夫妇之间日常仍然
说闽南语，或是两种语言交杂，看着杨丽花歌仔戏，他不知道
怎么回事，就自然地把闽南语当作某种"听不懂的语言"。他会
说"听无"，说一两句不轮转的闽南语，不然就是跟大人怄气。
要不对方改用普通话，否则沉默。他印象里，早逝的阿公曾经
为此生气，而他与只会闽南语与日语的阿嬷则一直难以对话。
闽南语是他不会的语言，他无法与说闽南语的人沟通。

　　这情况没有发现太晚，但在他幼年的心灵已经难以逆转。
他的父母，在他上小学前就试着教他说点闽南语。让他可以跟
长辈说上几句话。能在长辈问"这囡仔敢会晓讲闽南语？"时，
能够简单应答一两句敷衍过去。他没有任何抗拒。父母却总是
轻易放弃，只是偶尔心血来潮，觉得没有效果，也找不到理由
强迫，没过多久，"学闽南语"这件事就忘了。

　　不会闽南语，在成长中没有什么实质影响。至少他没感
受过。他成长过程没有因为不会讲闽南语遇上什么困扰。反
倒大学修习表演课时，因为普通话不标准而困扰了一阵。他
被老师再三纠正卷舌音。他深深记得，在那堂课上，老师把

"ㄕ""ㄙ"不分的同学纠了出来。用缓慢夸张的方式，念出"狮子""自私""失望""思念"，并要他复述，在全班面前。他努力尝试，不是卷不起来，就是卷过头。该卷舌的卷过头，连不该卷舌的也卷舌（"自私"念成"自失"）。一被叮咛某些音不能卷舌，又变成全部不卷舌了。他想起邯郸学步，原来他的普通话应该没有那么突兀的。但同学们笑了，所以他也跟着笑了。他没有说的是，别说自己发音有没有用上舌头，他的耳朵，其实不容易分辨卷不卷舌的音。包括打字时使用注音，实际上"ㄕ""ㄙ""ㄗ""ㄓ"，他都是用背的。

　　和不会说闽南语一样，到了他那一代，虽然已经可以谈论"二·二八"了。但需要花上更多的时间，他才觉得这与他切身相关。

　　他问过不常见面的外公关于那时的记忆。外公说，那个时候听到台湾人被欺负，二话不说拿起武士刀冲出门。后来听到警察开始杀人了，吓得把刀丢进河里，躲在家里不敢出门。

　　没有更多了。他不知道怎么问到更多，譬如白色恐怖氛围，譬如是否有认识的人被告密或入狱，或是有更多难以直接回应的记忆。他以为那就是一片空白，而忽略了，如果关于"二·二八"与白色恐怖的记忆会是空白，那空白本身就是个问题。

　　等到他意识到的时候，外公已经过世了。他试着追问母亲或其他亲戚细节，却没有人记得。他不免怅然若失。

　　那份忽略难以解释，就像他对父母的不解。明明以他们的认同或政治立场，不会压抑或想抹去这些过往。更不会有任何理由不想让下一代知晓。可是很奇怪的，像是有某种不知名的力量，会自动地销毁这些尚存的足迹。以至于，他以为父母亲告诉他的事，他们会一直记得。然而等到他开始想要确认的时候，第一手能获取材料的祖父母已经过世或痴呆（他为此已经努力学会听懂闽南语）。一回首，曾经能转述给他的父母，全然不记得有这回事。记不得的，不是内容，而是他们完全没有印象对他说过这些故事。就像尼采说的"我忘记带雨伞了"，仍是某种记得，但家人对于白色恐怖的过往，往往是连自己忘了什么都不知道。

那些偶然心血来潮或有感而发的时刻，他们转述给小孩关于阿公阿嬷时代发生的事，这些深刻烙印在他童年时的场景，他们全都忘了。

他才发现，最大的敌人是时间。在时间面前，他，或者说他们所有人，早已一败涂地了。

他自然不能幸免。初次知道有台湾共产党，是修习台湾史时。那门课的参考书目《台湾史小事典》的封面上，有点卡通化的肖像，出现了一位叫谢雪红的人。他印象深刻，是因为隔壁的同学莫名其妙大笑。长久以来，不论意识形态的选择，不论你会用"对岸"还是"大陆"称呼，那似乎就是"另一边"的历史了。即便他的本省家庭出身，也在某种历史概念框架下，下意识认为正是因为"中共"在"另一边"，而国民党逃来台湾"这一边"，才造成今日的局面。

即使在那"反共复国"的氛围已经完全消失的年代，看到台湾的历史里竟然有过共产党，好像看到某种珍奇异兽。他当时记得那笑声，感到有点刺痛。刺痛召唤起某种秘密，或秘密召唤着刺痛。

那年的过年，他的大伯父与父亲、姑姑们，拿着一本《谢雪红评传》围着讨论，对照回忆。在谈话间他才隐约听到，家族某位远亲，远到他不知道怎么称呼的远亲，是台湾共产党当中的干部。

即便如此，他仍感到这位"父亲的三舅公"距离非常远。远到像族谱里记录着某位祖先当过官，参与过哪个历史事件，那般遥远而无实感。

没有关系。几乎就是这样了，并非"他觉得这跟自己没关系"，而只是微妙差别在"他没觉得这会与他有关系"。

他是学社会科学的。在初接触那些概念时，以为可以解释许多先入为主的概念，意识形态的遮蔽，能够穿透表象进行结构性的批判。像是拿到一套装备，得以拆解任何人说的话语，反映当代现象，都可以套用哪个理论，引述哪些大师。然而，他当时却没想过，在拿到那套配备之前，他早就不是无辜的。这样说好了，就像你不是在战事吃紧、即将全军覆没、一场浩劫将席卷而来时，拿到可以逆转战局，至少能杀出重围神兵利器。而是早在拿到这些武器之前，已经是相对安全、松绑、无用武之地的时候。

如果你并没有切身之痛，理论的威力不过是种智力的消遣。

当然，战斗不会结束。这些理论工具，可以令人保持机警

（若不太沉溺于抽象知识的喜悦）。只是同时，在允诺他有资源接触并对此感兴趣时，他所处的环境已经没那么危险，而他读再多批判理论，也成为不了危险的人。

若所谓理论，是种"看见"与"使人看见"的力量。他的确在此有所成长，并因为知识本身，收敛起自满与力量感。过了几年，到了他离开家乡到异地求学时，才真正透过知识"使自己看见"。看见自己的看见，再认识到自己的认识，是在怎样的条件下产生。也看见自己的看不见，所谓盲点，许多时候并不是遮蔽或隐藏。而是这些都在你面前，你却建立不了这些事物彼此的关系，以及与自己的关联。

以至于，即使他的家族政治认同如此，也在学科当中反复验证过社会与自身，对于家族中有一位台湾共产党员，在"二·二八事件"时躲藏在自己祖父家，并由曾祖母计划逃离台湾，这件事，他谈论相关的话题时也会提起，但总是缺乏实感。早在他知道这些过去与学习这些知识之前，他早已被塑造为一个无法将这些视为"切身相关"的历史主体了。他必然得追溯到最源头处，像是追寻系谱源头，然后再把自己重新生出来才行。

"再去感受"，如果可以，他想对过去的自己这么说。

来不及也无妨，此刻仍然需要再去感受与思考，未来也是。

远方的信

二

　　阿仁写下一份回忆录。关于这份手稿要由谁保管，要怎样处理，则没有明确说明。

　　这份手稿的存在大抵上不是重要之事。家族里提到他时，尤其要跟年轻一代的子孙解释这位老人经历过哪些事时，才会想起有这份手稿。

　　譬如，某一天，当一位子孙问起，仁祖父（曾祖？叔公？舅公？或是不知怎么称呼的远亲）是怎样的人？"日据"时期他过着怎样的生活？家族会你一言我一语地拼凑记忆，然后有人会突然想起有这份手稿。

　　关于阿仁在大陆的经历的事，有些是听他反复说的，有些事也是转述多次失真的。这些记忆片段存在着许多空缺，甚至彼此矛盾，可是无伤大雅。

　　他形象鲜明：普通话说得很好，标准官腔，见闻丰富；许多重大事件，无论是张作霖被炸死、伪满洲国成立、"七七事变"，他皆声称"在场"；他认识许多历史课本上的人物，包括没留在教科书上，或仅仅出现在角落里的名字。

　　家族都承认他是个说故事的高手，任何一个关键字，他都可以侃侃而谈。只要稍微有些涉猎中国近代史，就会知道他所说的版本与教科书，与国民党和其他政党所强调的历史版本完全不同。

他的故事宛如迷宫。那些故事令人心醉神迷，可惜的是，其实除了他自己，无从见证，也没人记得住。没有主线，没有主要角色(即便有那么多重要人物)，没有开头，当然也没有结尾。听完，往往也就忘了，故事在他口中说出，找不到能够使之流传的形式。

许多人都知道这份手稿，却不是同时知道，也不是同时记得。它某一天会被突然想起，然后搁在一旁，以近乎遗忘的方式存在。他们分别在不同的时刻被提醒，或偶然知晓，这位老人曾将他的见闻写下。大抵上他们会对他好奇，至少对他的故事好奇。另一方面，他的故事往往离题又复杂，以致从来没有人听完过他的故事。

他的故事一直流传着，片段又片段地。每个人记得一小份，转述时又只能再度切分，往往到了第二手时就已四散，像个精神上必然走向灭亡的族裔：只能传及一代，便抵御不住边界而灭绝。乐观点说，除了四逸，其实不曾真正消失过。就像曾经在这土地上的许多族裔，眼见是消失了，其基因还在基因海里沉浮着。那份手稿也因此一直在那，经由亲缘关系传阅与复印。既然他没有说过该如何处理，便自然地在各种偶然性当中，有时被掩埋，有时浮现。或许，正是以漫不经心的方式，反倒保全了故事。

阿仁被问过许多问题，甚至被质疑真实性。他有时回答，有时顾左右而言他。他知道不管采取什么态度，那些聆听都不

远方的信

会持续的。他每次说话，都只是证明言语的无效：他说了什么，都取代不了他们对他子孙们所灌输的历史。阿仁无异于站在历史的反面，彻底投降：他早已不再有任何抵御时代洪流的意图。他风趣地讲着个人见闻，口沫横飞。表演性极强，却不会让人想要追问，或希望他历史留名，将他的记忆化作材料。他知道，若想坚持什么，将他在那段历史里所留下的足迹显影的话，会令他的子孙们蒙上阴影：汉奸。个人荣辱他已不介意，尽管如此他还是避免这种说法。一方面不让子孙困扰，另一方面是这其实有些颠倒是非了。他不想辩驳，却也不想被这么断定。

　　唯独有个问题没有被问过：为什么像他这样一个人，会想写回忆录呢？为了给谁看，为了说什么？因为没有人问过，成了真正的问题。在他过世后，成为一个问题留在那里等待。

　　直到他问起。

　　他对于阿仁的事所知甚少。事实上，他根本不知道家族中还有这号人物。若不是他想从家族长辈当中，稍微再追问出一点关于台共信仔的资料，或至少是有趣的传言，能唤起什么特殊感受的材料，他也不会意外得知这个掩埋在遗忘里的故事。他有些诧异，如果信仔真的有这么个哥哥，在那二三十年的时间，在东北有如此经历，历史上毫无痕迹就罢，为何在他的家族里，却没有意识到其价值？从一个遗忘，碰到另一个遗忘。就好像，千辛万苦破解了密码，解出的讯息，却是另一组密码。

不过，这份手稿就这样来到他手上了。没有任何的告知，也没有其他的交代，到了他手上。潦草的字迹与生硬的用字，影印过后更难以阅读。

也许他问对了问题。在开始阅读这个跟他要说的故事不太有关的回忆录时，也正如他猜想，里面并无交代关于他弟弟信仔的蛛丝马迹时，他仍是认真地思索，为什么这样一个人需要写回忆录呢？他想给谁看呢？

直到他准备好说起信仔的故事时，那份手稿，才不安分了起来。

遥远的，透过他虚构的图景，原先杂乱且有些摸不着脑的叙事声音下，出现另一种声音。那声音对着他说话，但对象却不是他。像是偶然拦截到某个不知名的电波，狂热的传达并非给他的讯息。声音断断续续，仍然语焉不详，却似乎一点一点地接近。

他继续写着，突然那个时刻来临。那时刻来临的一点也不神秘。事实就在那，只是还在等他发现罢了。

他发现，阿仁留下的手稿并不是个人寄托其一生记忆的回忆录，并不是要把故事交代给子孙，为历史辩驳。那份手稿，实际上是阿仁留给信仔的家书。阿仁同时明了，这封信永远不会到达信仔手上。然而，阿仁以回忆录的方式写下，让这封信得以存在，最后以这样的形式，宿命地到他手中。

直到他虚构起信仔。并且不是以某种表象或再现的方式形塑，而是虚构起信仔的困惑，逃脱与隐藏在里面的里面的凤愿，无以名之地对未来某一日的期望。那封信，才终于拨开了回忆录的伪装，指针朝向了信仔。

兄与弟，在另一个人的心灵，在他们那位后代小说家的虚构里，迂回地对话起来。这场不存在的对话，在他们各自活着的时空里，所模糊或直觉猜想的，会发生在某个遥远的未来。那个未来，其实并不存在，犹如阿仁想象的，将来某个后代，拥有能容纳他们对话的心灵，在当时来说其实是虚构的。正如每一刻的书写所遥想的未来读者，不过是想象的。所有的书写都是隐迹的，故事也是。

三

潘笑都知道，但她已经不开口了。

她占据了那间小和室，在那里制造安静，保护起秘密，直到不像秘密。像是哄着爱哭的团仔入睡，无尽的温柔与耐性。她既然是知晓者，就该比两位弟弟更为知晓自己的命运，承担命运而不逃避。所以她活得比自己所想要的，稍微再久一点点。

没有人教她，而她自己知晓的事：见证，足以改变世界。世人所谓冷眼旁观，是躲避了看的责任。真正的观看，不是被动，而是参与。视而不见，跟盲眼无异。她总是看，比任何人都认真地看，认真到改变了事件，以及预料了发展，使得"有所作为"变得无关紧要。她的视线追赶着世界，为了努力见证世界。

她见过许多如无头苍蝇，急于有所作为者。有许多是阿仁的长官，或信仔的同伴。他们多半年轻，投身于时代，几乎是以肉身去挡时代的巨轮，却没有看清楚。

她自知没读书、没见识。她只是看而已。看了，那些冰冷冷的现实似乎就稍微松动一些；真正认真地看了，全然的专注，会让凌乱的痕迹变得清楚一些，让过于迅速发展的事件似乎可以稍微缓慢一点。

　　　　　　　　　　　　　　远方的信

有一回她与丈夫带着孩子们回娘家，因为孩子们央求，她的父亲带着孙子们去看映画，她被再三请托下陪同他们一同前往。戏院里空气让人发闷，放映机有时运转不顺。画面起起落落，配着题词人的声音，她仍旧退了一步，同时看着荧幕与身旁的人观看时的入迷表情。三子阿宽较有见识，他跟母亲解释，映画是一格一格静止的照片，用很快地速度放出来，让人以为会动。她想起小时候看过的走马灯也是这样的道理。她鲜少思考，那天却失眠了。她的人生仅仅几次的钻牛角尖。那天在夜里，她躺在自己的老家的房间，与身旁丈夫、孩子们挤在一间小小的榻榻米上。黑暗中，整个世界都是她自己的放映室。

她拿着自己的回忆做实验。既然一格一格的静止照可以变成会动的影像，那么她也可以把记忆切分再切分，直到流转的记忆影像近乎静止吧。然后最终，她的回忆可以像个胶卷，被保留下来。她毋须苦恼要如何保留，或如何传递下去。总会有人看到的，就像那一叠被她弄消失的信一样。

那叠信，来自于她两位弟弟。早年她急于知道内容，慢慢地，她也不急于请丈夫或阿宽帮她读信了。她将信纸整齐折叠，再折叠，放进一个日本的上漆木盒里。她过世以后，遗物当中没有这个盒子。

阿宽帮着母亲留住了这个秘密，那装载着信件的盒子，像是经她转手，再寄向远方的信。

许多年以后，他想象她，他的曾祖母，那位在家族老照片里的矮小老妇。那个刚成为寡妇的女子，不仅收容在"二·二八事件"后遭通缉的台共弟弟，也帮助他出逃至香港。他筑构起她的形象时，知道她早就在那等着了。留下什么都无所谓，那里头的更深之处一定还藏有某些东西，可以传递下去。她知道一定有人能够看见她的看见，那些无声也无序的画面。

不要紧，他想。他看着她的形象，走到里面，再往里面一点，有个房间，播放着影像。不属于她而被她观看记录下的。

他看着她的观看，偶尔停格，偶尔反复，然后说起话来。像是古老电影的"辩士"，在无声的画面中说着故事，犹如这些事才第一次被人认识。

远方的信

四

作为遗孀，盆没有秘密。该处理的都处理了，不需她费心。那是丈夫信的体贴。

即便上了黑名单，是个被通缉的人，是一群必须被彻底铲除的存在。信也早已安排好，在被捕之前自行失踪。是的，顾名思义，一丝踪影也不见，逃逸的痕迹亦干净抹去。

不难过，他们之间早有默契，不需言语，真正重要的东西早就寄放在她心底。

她在某些方面，比故事里的所有人都清楚自己的角色。她是盆，许多秘密寄放在她心底。她原来以为，既然寄放在这，就必须尽保管之责。有很长一段时间，她不知道自己过得很辛苦，始终觉得自己该守护着什么。身边的人习惯寄放在她那，可是最后大部分的心事都没人认领。

后来信告诉她，她才懂。那些心事，其实不再需要赎回，亦没有摊开或面对的需要。放在她那个连她自己也没有探索过的空间里，任其存在或消失，就是最好的对待。过去，她的故事该等待着结局，只有信点醒她：那样，就是结局了。

许多的心事混在一起，她学会不以为意，混着混着，竟然更为干净，澄澈得让她由内到外散发着光彩。在那件事情发生后，她接待过不少相同命运的女子，或是她丈夫过往同伴的子孙，没有人不被她的精力与乐观感染。她让所有想打探秘密之人无功而返，让因为时代而冷得发抖的灵魂能稍有安慰。

不知不觉，她拥有很多了。她将人生填满，无人看得出她有缺憾。

他问过父亲，既然盆女士一直与祖父他们一家密切往来，这位三妗婆，盆，是他们一家子女们都有印象的人，难道没有人问起她的丈夫吗？即使当初不能提到她的丈夫是共产党，在"二·二八"的黑名单上，至少要有个说法，总会有人好奇吧？不管说是过世也好，离婚也罢，或是不能说也好，对于那位不曾露面过的三妗婆的丈夫，难道从来没有人问过吗？

他的父亲愣了几秒，回答如此坦承："没有，从来没有意识到这是不寻常的。"

他没有失望，这也是回答的一种。

直觉没错。他想象这位女士，试着让自己虚构起故事时可以再沉溺一点。想象自己沉浸在她在时光里酿出的酒中。

某一天，就这么突来乍到的，他的父亲突然想起：家族的老照片，有信的结婚照。至于怎么想起的，他没有追问。他执着地相信，那是早安排好的。

两张相片交到他手中：信与盆的结婚照。一张是两人合照，另一张是他俩在中间，数十人的家族大合照，在日本神社前。两张照片里，信穿着军服般的西装，而盆穿着白纱礼服。父亲说，三妗婆到老的时候，脸还是那张脸，所以确定是他们的结婚照。

在他那里，却是相反的历程。信的照片不难找，譬如审判台共时，信的照片就刊登在《台湾日日新报》上。或是一些史料里，都能清楚看到信的样貌。他确认家族照片里的信，才认识信身旁的妻子。

她那双眼没有丝毫的神秘，对未来毫无畏惧，直接穿透了历史，与他探寻的眼光相接。他知道她允诺他写了。

若有人真的想问她，她想说：其实，漫长的日子以来，她并没有特别想起信。她一直有他的消息。即便没有，以她的了解，她都能够替信决定，像是信在她身旁一样。他们一辈子其实聚少离多，就像他的女儿们对父亲没留下什么印象。可是那不代表没有留下任何东西。

她与信最疼爱的外甥阿宽一直保持联系。当她知道阿宽的次子阿增准备结婚时，她主动地担任好命婆的角色。作为夫家亲属，且身为寡妇，这样的角色，其实吃力不讨好。但她乐观向前，面对一对将来不被看好的年轻夫妻，她希望自己能在场。

她要站在那个新娘子旁边，陪伴着她。她想告诉新娘，其实她无比幸福。

隐隐约约，她在这对新人的身上，看见未来的某个身影，相当亲切又相当新鲜。她想起丈夫交代过，且她自己也想做的事。她牵起新娘的手。心里默默地，把所有留在她心中的心事，包括自己的、丈夫的，所有人的无以名状的心事，多年来心底已经结晶起来无比坚硬、透明的心思，作为祝福，交给了这对新人，与他们将来会带给世界的，另一个新人类。那也是她的丈夫企盼的。

五

阿宽余生相当寂寞，缺乏能够交流的对象。而且能真正懂得阿宽的人，其实没有。

阿宽还是会写，他会在夜晚，众人睡去后，彻底把自己关在书房里写。那些寂寞的夜留下的手稿终究由他亲手烧去。

阿宽的才华毋庸置疑：英语教师，不时背诵英文诗句，熟悉古文，普通话也学得不差，下得一手好棋，能用毛笔或钢笔写得一手好字。

这些才华，与所知道的一切，折磨着阿宽的一生。

祖父阿宽在他四岁的时候过世，在他印象里是个相当严肃的人。小时候当然不知道严肃这个词，可是他会怕祖父，会因为他听不懂闽南语而大声说话的祖父。他只记得祖父板起面孔的表情。不好亲近，总是要求他。

他听母亲说起过，祖父在他小的时候，每次见到，总会说："哪会把查埔饲到像查某同款？"*

虽然无以名之，但他分辨得出来。他成长的过程，当同学、师长，就他的阴柔气质戏弄或恶整他时，他的背部与肩膀

---
* 闽南语，怎么会把男人养到和女人一个样。——编者注

会紧绷，呼吸会变得急促而困难，额头的发际处会冒出一点点冷汗，胸口有个难以吞咽的东西梗在那里。他的拳头会握紧，牙齿也会紧咬，有那么几次，他不顾一切地冲上前去痛扁对方一顿。结果不是被当作先出手的暴力分子，就是被反过来打倒、被围殴一顿。

祖父过世得早，接触时间不长。祖父更像是以无形的意志，在他心底进行压制，提醒他不要软弱。他后来较能确定，祖父想要去除的，不是他儿童时的瘦弱模样，而是他那天生的阴柔与敏感特质。

他的父亲在他小的时候也曾如此。父亲的教养方式，并非不人道或施虐，亦没有给予无法挽回的阴影或创伤。然而成长过程中，父亲难免有"男孩子怎么可以这么爱哭""怎么如此退守在自己的世界""为何如此不想融入群体"一类的担忧。有时责骂甚至体罚，多少有恨铁不成钢的痛心感在。而总是母亲，有点过分溺爱的保护他的特质。即便这样的性格，将来也势必因世界的残酷而折损。他的父亲尽管没察觉（或晚一点才察觉），母亲的角色，正是弥补那个缺口，像是捧着巢上摔下幼鸟的温柔的手，接纳了这个生命。

某方面来说，阿宽是成功的。他像一道高墙，除了不让子女们知道他的秘密之外，也不让他们有探索秘密的好奇心。子女们以为他为家计而辛劳，因为是老师性格而板起面孔。对子女来说，这样的父亲性格，跟许多华人社会的父亲以及受过日式教育的男人没有太大差异。

阿宽的面具一戴就是一辈子。无法再反悔，亦无暇思考，若是有朝一日可以自在一点活着，会活成怎样或拥有怎样的面貌。在那个时代，光是思想就有危险。因此将自己的教养断绝是最安全的路。他令儿子学理工，女儿学商、学会计。艺术思想文学，一概无缘。

　　阿宽自行中断了教养。这份教养是信仔舅舅启蒙他的，那些书，那些想法，那份热情。信仔长久以来是阿宽的读者，即便到了信仔再也无法读他所写的作品以后，直到他自己再也不写了以后，阿宽心中仍有个想象，是信仔读起他所交代的后来的事。

　　一封不存在的信。阿宽这般想。这封信在心里不停写着，藏在比意识更深之处。因为日常生活里，最好连想写的意图也没有。这封信因为不存在，才可以继续写。

　　阿宽作为信仔舅舅逃离台湾的共犯，见证其失踪者，任务如此困难。究竟怎样才能证明一个人失踪了呢？所以即便当他得知信仔已亡故的消息，仍装作不知情。因为作为家属遗族，是不能承认他们之间是有联系的。

　　于是，完成信仔的失踪成为残忍的语言游戏。他像是让自己的三舅信仔徘徊在生与死之间，如冤魂一般无法超度。当信仔还活着时，像是已死般消失于人世的失踪；当辗转知道信仔死讯时，要像是信仔仍活着而到处躲藏的失踪。生时否认其生，死时否认其死，信仔永远在阴阳两处徘徊。这样，才是真正的失踪与躲藏了，他想。

　　幸好，阿宽仍有个秘密支持着自己。毕竟这世间唯独他，依稀看到信仔从助他出逃的破船跳下去的身影。几回感觉支撑不住时，他总回想此幕，欢快猜想或许信仔一直在逃，逍遥地以另外一种身份度过余生。

阿宽弃绝教养。他将读书人这事，化成彻底有用之事。唯独将他的所知所学全部换成金钱，全部换算成世俗价值时，才能真正在心内毁去理想。阿宽除了教授英文外，业余时间，也充当三菱汽车的翻译顾问赚取家计，翻译着英语、日语文件，充满机械或商业的词汇。如此有用，间接证明作为一个读书人是如此无用。他的子女们也成为有用之人，每个都受过足够的教育。在常轨上，只要继续驶下去就行。

这也是失踪计划的一部分。阿宽在身上就此锁住信仔的影响。向前追寻不到根源，向后不留痕迹。原本是这样的。直到他的膝下，有了第一个男孙。

长孙儿的气质，尽管与信仔或他自身都相去甚远，他却直觉感到，这个孩子将来必定难以教养。阿宽落实了子女无教养，断绝自身所学，以落魄书生的怨叹身教。在教育体系里清楚，所有的无教养的结果，全是教养造成的。阿宽知道，三舅信仔(以及他的母亲潘笑、二舅阿仁)与自己都属于难以教化的类型，不论想如何塑造，在身上加上多少束缚、框架，总有一天会破壳而出的。

阿宽退缩了，也因此感到自己老了。他觉得自己的意志压不过这孙仔，甚至看了厌烦。最好的方法，是不让这孙仔靠近。犹如余生数十年抵挡着所有的跟踪、监视着他是否露出马脚的眼线，孙仔的眼神，对他惧怕，却又挡不住无比的好奇。

他在成长的不同阶段，都曾用不同的方式，疑问祖父。

祖父过世后，他的父亲、姑姑与叔叔伯伯们依然在言谈间延续其形象。他假设过，如果祖父能再多活几年，神智清楚的话，会怎样看待他呢？关于祖父的谜，例如抑郁、缄默、易怒、保守，或是为什么习惯性烧书与手稿？为什么想尽办法不让子女接触思想？以及，为什么不让他们知道信仔舅公的故事，以及关于他们之间的事？

等到他开始对白色恐怖有所认识，搜集史料，包括"二·二八"，包括台共，以及一些口述历史，对于祖父的反应和余生人格的样貌，才有了脉络性的了解。脉络，对，他在学术的世界里学到的词。某种程度上，他理解了祖父，包括经历过白色恐怖的那些"祖父母们"。或多或少，他得到了回答。譬如逐渐能明白，为何透过自己的父亲或父亲的兄弟姐妹，对于祖父所隐藏的故事，知道得如此片面。

尽管如此，他仍有疑问，在这些被揭开的迟来真相浮上表面时（而且与许多家族一样，更多的真相是再也追讨不回了），关于那些更里面的事。

他有个不为人知的秘密。在他三岁的时候，有一回与祖父独处。

那年过年，他的母亲在厨房出了意外，送医急救。他被一个人留在三重的老家，与未曾独处过的祖父母相处。

他一直哭，一直哭，哭到身边都没人。仿佛所有人都忘记他了。他哭着睡去又醒。醒来的时候，他坐在祖父书房的摇椅上。他没有再哭，因为他看到一整柜的书，与墙上的字画。他当然不知道，这些书已经是祖父仅存的、烧了又烧而最后残余的书了。他以为这是全世界书最多的地方。

他只待了这一个黄昏，到了晚上就被接走了。

他无从确认真伪，或是梦境、想象。他记得那天下午，祖父任他在书房游玩。抱着他（不论如何，这才是他记得最清楚的"被祖父抱着"的回忆），看着他的书架，以及取出书后，藏在背后的暗柜里，别有洞天地塞了不少书与纸页。祖父回答他所有的问题，即便他听不懂。祖父详尽地解说他的每一本书，包括不在这里的。什么时候拥有的，什么时候又失去的（多半是烧掉了），他从一本书讲到另一本书，像是说不完的故事。

日后，当他虚构起时，一再让自己重新回到那回不去的房间。他知道即使记忆为真，那也难以趋近于秘密的核心。就像进了那上锁的书房，翻开那书柜，以及书柜更里面。或是允诺他翻起书，读起笔记，也有些东西藏在更深的地方。就像他现在，自己的书房里，留着几本祖父的笔记本，对于资料的搜集其实毫无帮助。

他还记得。尽管这记忆犹是那回忆当中最不确定的一段。他问祖父，这些书他可以读吗？祖父当时告诉他，如果你读得懂，全部都给你。那这本呢？他指向一个很旧的纸袋。祖父说，这是他阿舅留给他的，很难读，但若是你想读，你要多读点书，就能懂。

阿宽过世时，没有立下遗嘱。即便来得及，他心中其实希望最好不留下任何东西。可是还是有什么，在他死后悄悄地留下来，那是他无从管辖的，不属于他的部分。从来不属于任何人的部分。

六

现在你来了。我等你很久了。

虽然我将再度离去。但某些东西会留存下来，就像你知道的那样。

回到那间阁楼吧。家族的故事，从那里开始的。我躲了进去，在堆叠杂物的窄仄空间里，小得连恐惧都塞不下。如果你有日遇上，先将恐惧抛下。恐惧会膨胀，索求无度，会让你为了求生而丧失一切。再来是抛去尊严，你以为那是最后的底线，实则不然。尊严会让你僵硬，连腰都弯不下。然后随意，没有该抛下什么的问题，能抛的，全都抛了就是了。你不必勉强，譬如强塞在某个角落、墙中的缝、地板下、衣柜里。自然会有个位置容纳你。那位置无比宽敞，放心，一点也不陌生。因为那是安栖所有难以分类、不被理解、需要隐藏再隐藏之处，是遗忘的帝国。那里有一切破裂成碎片、烧成灰烬、消失般的不含有一点点存在证据的事物。那些，一直与我们以为的世界比邻而居。

或许你不尽同意，对我而言，写作是这么回事。写作，就是将这两个世界接连起来的桥梁。让人可以在这端，稍微看见

远方的信

另一端的形影。就像我现在看见你了。

　　我一直在写，犹如我一直想看见你，想跟你说上几句话。我刻写在逃亡的路线上，写在身份伪装的面具下，写在我每本珍惜阅读的书的边缘上，写在狱中不断被检查内容的信纸上，写在我辗转难眠时濒临疯狂的脑袋里。我想象你，如同我以小小尖针般的力气，缓缓凿着墙壁，只要不断凿，总有一天会凿破。透过那个孔，可以看到外面的世界，可以将纸细卷，投递到另一个世界里。

　　因此，关于转向，我或许可以这么回答：持续地思考着，暂且允诺我抵抗，抵御得再稍微多一些。思考总在变动，信念也是。因此，若能坚持不变，如此清楚自觉，才是真正的改变。也许我是最希望转向之人，最希望彻底放弃信念之人。

　　然后我开始想象你。在我的时间之外，思考、生活、研究这一切的你。你是我的追捕者，而我依旧要逃亡，一面抹去痕迹，一面留下线索，在你察觉之时已经躲藏得无影无踪。然后随着你一步步地深入，直到找到那个什么都没有的地方，我们可以见面。在那不是地点的地点。

　　我花了好几年的时间，留下些微不足道的记录，在秘密的档案中刻下名字。这些随之抹去，我亦不意外后来发生的事。不是因为我预料到了，预先看见了，而是在我的想象当中，那本来就是未来的无限可能之一罢了。

　　好了，现在你来了。我知道你在写我，于是我醒了。这计划我在狱中时决心执行，出狱后的几年间一度忘记，然后在屎沟巷的阁楼奇迹里，最为危机那刻准备完成。既然我不懂得思考，也未有条件能够知晓，无法活着回来找个人诉说一切。于是我虚构了一个人，由他来代替我思考，诉说我的故事。

你来了，我稍微看清楚你的样子了。在我脑海里的更里面之处观看的你，说着我的故事的你，并执拗地说起我离去或我不在的时光中的故事的那个你。你使我在我不在的世界里，故事仍继续说着。甚至像是正由于我的不在，故事才产生，才有说出来的机会。我感到时光的不公平，甚至有点嫉妒了。

我对你一无所知，你可以是任何样子。只要你找得到这里，愿意敲门，我便会回应。而你对我所知甚少，但终究是历史了。无论是史料或家族记忆里，我都留在某个框架里。你可以探看现实与虚构的界线，公与私的伦理。你可以思考作者的权力、责任，你可以考虑美学、艺术性、思想性。用想象力填补，修改，揣测，甚至试验。你是我触及不了的外面，这何其幸运？

时间与记忆不尽公平。有一天我突然这么想。在时间刻度上留下一点痕迹供后人辨认、拥有能够回首来时路的姿态、能够将教养有系统地传承到下一代、懂得保留前人的遗产进而化为自身的资产，这些都是某种得来不易的东西。无名之众，并不拥有述说自己故事的权力。时间是少数人拥有的，记忆也是。我们的时间是被分配的，记忆也是被配给的，以我们微不足道的生命，原本至少能完整拥有的，最终是被剥削了。大部分换取来的一点尊严，是本来属于我们的。我们没有时间与记忆的生产工具，缺乏意识形态的觉醒。我们是历史的无产阶级。

会不会有哪一天，时间与记忆，可以共同享有呢？在某个地方，我们可以共同生活？这当然是个虚假的提问了。我想告诉你的仅仅是，我希望你继续说下去，假如这个人是你。既然这些一开始也不属于我，而你知道这些也不属于你。如同我可以完全放手任你书写，你也将放手让故事任人阅读。我想拯救的人已经被拯救了。不应有惧。

现在，我要从阁楼走出去了。我将躲进送葬队伍里，在这送往死亡的行列中，再度逃亡，直到找到那座旧港，那条船，尔后彻底消失。

然后走进你的故事里。

那些行方不明的故事

赖香吟与朱嘉汉通信录

▍嘉汉：

稿子收到。

这类故事，固然该写，但要写出文学性，总觉不容易。但这几年似乎有新发展。

有机会先阅读你的新作，我很乐意，该说谢谢的是我。请不要客气。

小说预定何时出版呢？如果下周答复，可以吗？

香吟

二〇二〇年三月三日

▍香吟：

我完全同意。你上回讲座所说的，我也有记在心里（记得是回答提问的时候）。

对我来说，写作这件事，题材、材料不会是我考虑的优先事项。甚至觉得，我或许是不会苦恼于有无题材的写作者。

似乎，好好思索问题，尤以小说的虚构的特性，对我而言才是重点。

那些行方不明的故事

虽然届时的文案、报道，可能会将小说归类在台湾史、历史小说，等等。不过对我而言，考虑的只有小说。

这或许等到之后，我们有机会再聊聊。

出版时间没意外会在五月多，我想不用急着回复。不必有时间压力，若是刚好赶得上，愿意挂名推荐那当然好。

总之，能这样给你看到小说，就已经很开心了(嘴角已扬起)。

嘉汉

二〇二〇年三月三日

▌**嘉汉**：

小说读完几天了，勾起不少回忆，本想试着多说几句，但本周欧洲疫情急升高，恐怕到四月下旬复活节假期结束，都无法自由工作。因此，如果你要我做书封推荐，是可以的。但也只能做到这里了。

潘钦信这个名字，很久以前看过，但没想过会在这种情况下读到相关文字。

不过，说起来，我并不觉得这份小说是所谓潘钦信的故事，而是我们好几代人的……(的什么呢？我甚至无法使用"故事"这两个字。)

你指出的，我们自身看不见(盲点)，自动销毁而欠缺实感，的确是我思及台湾常感悲哀的部分。

我也同意你对沉默与安静的区分，一个安静的房间，过去的灵魂应该放在那里（但还是不要上锁的好）。

第六章：钦仁，令人诧异，不过，到第九章之二，我可以被说服。

第五章之三：阿荣的妻，对我比较困难一点。

第四章：很厉害，你一定思考很久。倒是偷偷消遣简吉与苏新，使我笑出来。

阿荣的悲哀，似乎还大过钦信。或者说，阿荣就是我们，真悲哀。

暂此。后续再聊。

香吟

二〇二〇年三月十三日

▌香吟：

我能够想象欧洲现在的社会氛围，如同自己身处于那。应该说没有人能置身事外了。疫情期间，烦请保重，也诚心祝福身体健康。

首先，感谢应允推荐，这对我来说已经相当荣幸，也真的是这本书的最好祝福。最近因为挂名推荐一事，所得到的阅读意见，也在与编辑讨论，或许这本书不一定要有推荐序。

有几件事想跟你分享，请自由看看：

1.的确，这不是潘钦信的故事，在很多方面，我都觉得没

那些行方不明的故事

有还原的可能，也是我写作必须提醒自己的。包括资料上、不愿叨扰其后人上，最重要的还是我文学创作的选择上。即便有些资料陆续出现，也觉得没有必要塞进其中。

2. 也在这礼拜间，我决定把本书同样重要，甚至更重要的"阿荣"改成"阿宽"。祖父荣宽，一开始取其"荣"字，是想象他的怀才不遇与在白色恐怖氛围中，光荣黯淡，过往雄心熄灭之感。或是他引以为荣的学问，对舅舅的情感。但，也许改成"宽"，想象宽宥、宽容，可以扩展小说的意义。我在想这应该不是偶然。这小说也确实花许多情感处理祖父。譬如我真切的疑问过，为什么祖父如此有才华，但是我家庭却没有文艺的素养在。或是我的父亲在知道我要读文组时，会诧异、愤怒、不解的反应。

小说里有的人名都是真实的，而名与命之间的联系，一直构成我的人物描写，譬如潘之妻廖盆，我的曾祖母潘笑，或是钦仁。这样一想，也像是小说的人物挣脱了我给予的名字，改变了自己的命运。

改变的不只这点。我这本小说从二〇一九年的一月开始写，前五章是一个月一章的速度写完。后面四章是六月到八月中写完。期间我一直按着设想的章节名称与顺序写。所以即使自己忘了，我还是可以推算出，我在读你的《天亮之前的恋爱》是在我写第三章到第四章的前后。或许真的隐隐有影响到，至少对自己文学的要求与判断上，即便专注忘我，也有一定的影响。

但是唯独第九章是意外。我原来的标题是《绝后》。我设想的叙事者，是诞生于一个充满凋零与遗忘之家（我家族确实人丁不盛，我亦是独子），且决定不要有后代，自我断绝，同时将一直以来无人能述说的故事说出，且同时让故事与叙事在自己身上终结。可是才一开始写，就完全冲破自己的意图，成了《远方的信》。角色们也一一回归对"我"说话了。

3. 对了，这题材虽然早在心中，但真的意识到要写，是因为Kay*。可能祖父母早逝，而我父辈不擅长记忆与保留，我对历史的认知只是知识上的。因为与Kay的相处，我好像终于有什么东西醒了过来。对于那一代的有教养的家庭，对于那些沉默，突然有了真切的感受。

我确实觉得，除了我，再也没有人能处理这个故事了。因为即使他的直系后人，或我的侄甥辈有兴趣，有没有跟那个世代的人直接相处过、谈话过，在他们的回忆时光中沉浸过，差别很大。至少对我来说，像Kay这样，即便在观点上、记忆

---

* Kay是台湾第二位医学博士吕阿昌之女，其故居即今日剥皮寮历史街区。她虽然受过良好教育，大学毕业后也进入"外交部"工作。唯独无法认同当时的政治氛围与本省人的压抑，于一九六八年只身一人来到法国。长年以来帮助数代台湾海外留学生，提醒被掩盖的历史，例如卢修一就在留学期间受到她鼓励而研究台湾共产党。我在二〇一五年时认识了Kay，成为她在巴黎蒙马特最后一批免费日文班的学生。同年，因朋友牵线，赖香吟旅游法国时借住于Kay的公寓。信中提到的留学生拜访，我本来也有受邀，不过觉得唐突便回绝了。即便如此，透过作品以及Kay，我们还是联系起来了。时光与记忆也在此赎回，并如投递往远方的信那样悠长。

上未必能代言时代，可是当中有很珍贵的，属于当时的"空气"在。

大概就是这样，当时第一本《礼物》写了若干篇章，也不知道自己有没有才能与机运写小说，把这事放在心底，花了几年询问亲戚、潘的亲属，而今天有了这小说。即使别人不会这样看待，我还是把《礼物》与《里面的里面》一起当作处女作。如此才能写下去。

祝安

嘉汉

二〇二〇年三月十三日

▌嘉汉：

抱歉，这一阵子，因疫情打乱（严格来说，是停摆）的日常生活，能好好写字的时间有限。试图回想这部小说，整理因为这部小说所勾起的思绪，变成一件奢侈的事。

原本我想从苏新说起。

在我刚刚接触台湾史的时代，《苏新自传》，有段话使我印象深刻："十七岁去日本，二十三岁回到台湾，但没有回过家。二十五岁被捕，三十七岁出狱，足足二十年，才头一次回到自己的家里。回家一看，祖母和母亲已经死了，四个叔父也死了两个，他们家里生活很穷。我回忆了二十年来的事情，像从一场长梦醒过来一样。"

深刻，并非因为这段话可以如何引述作为研究之用，而是话里的人生使我感到自己无知。这些过去的人，竟是与我们有关的吗？何以我见不到踪迹？即使只是文学生手，我也嗅闻得到那些直白的字句，有多少人生的况味。当时，苏新何许人也，我知之甚少，但那段话被我录了下来，开了一份待写档案：《行方不明》。

行方不明，你或许知道，就是日语里"失踪"的意思。这也就是我读潘钦信为何想起上述往事的缘故。行方不明，伴随后来我对"日据"时期知识人的摸索，我愈发希望自己能在那份档案里写点不同于学术与史实的语言，就算荒烟蔓草也试试看能否踩出路径，去接近、去跟上，对他们说：我理解了，然后，共同释放曾经苦恼他们也苦恼我的记忆。

显然，我没有做到。即使后来我写了一系列台湾作家的短文，但那毕竟是把范围缩小了，缩到文学本身，只就已知事物重新叙述。我没忘记，其他角落，灯照不到之处，还有很多行方不明之人；我没有走到那里。

你的小说，恰巧是行方不明的故事（可以这么说吗），你开放了去向的可能，但这个去向，可能，终究指向我们自身内部；行方不明的焦虑与思念，在时空之中变生意义。读着读着，我知道我走在新的路径，我乐见，我们的记忆，走到这个境地。历史人物的书写，若非凭空捉摸，就是靠得太近，因为太想让行方不明有个水落石出，而放松了文学的价值，不过，你无疑很在意后面这个文学价值。

你提到，阿荣改成阿宽，我感到更好。荣宽、荣让，要义确实在宽与让，你的曾祖父添新、曾祖母潘笑，这些名字，事后想来，竟然都有意思。

我能理解第九章的意外。对，老掉牙的话，是材料有其生命力，但我觉得你说："完全冲破自己的意图"，更为诚实。或者，我现在会这么想：创作将把我们打捞回来。

香吟

二〇二〇年三月三十日

┃ 香吟：

疫情严峻，还是先祝福一切过去。然而，读这封信的时刻，应该是我这一个月来最平静也最欣喜的时刻。于是才发现即使在写作、读书、上课，甚至发呆，疫情暴发以来心都是不安静的。而文学确实能把人打捞起来。

对于作品被你这般看待，我感到相当荣幸（不是客套）。最感动的地方在于，一直以来，如我这般摸索期特别长的人来说，是无法同时思考自己的创作，又同时思考台湾的文学与文学史的。我甚至在某种必要的专注，内在的探问中，告诉自己，绝对不要在创作时（内心构思及写下时），一面预设这对台湾文学是否有意义、会如何被看待。这样说吧，也许真的还要点时间。思考台湾文学的过去、现在、未来时，我无法同时思考自己的作品，反之亦然。这些话我珍惜地收下了，并会继续思考着。

关于名字的问题，的确，小说里所有人物的名字都是自真名撷取下的。这些名字像是线索，让我去感受，让我试图去认识他们，也让角色认识自己。

另外想说的是，感受。这也许是我在写作这本小说时被赠予的礼物了。确实就是感受，而不是想象。想象有够不够具体，凭空或有依据，贴不贴近的问题。感受这件事对于我来说，是能否感受到，强烈与否，以及感受到了什么的问题。但至少，认真地去感受，把自己交出去，就无所谓真假问题。我是不太能凭空想象之人，举例来说，对于潘笑，我有的资料大概是"矮小，在孙子辈如我父亲的眼中是完全沉默与足不出房之人，然后没有笑容"。她是所有角色当中资料最少的，但即便如此，这份把自己压得极扁平，后半生都在沉默孤独中度过（跟小说里一样，曾祖父在"二·二八"前夕过世），这还是可以感受到的。这也大概回答我多年想说却不知道怎么回答的问题，对我来说，虚构这件事，不会是几分真、几分假的问题。真的要我回答，我宁愿说，全部都是虚构的（但基本上最好不必回答，也不需要回答会去这样问的人）。大抵上，就是在文学的空间里，我才能如此感受，而且是在创作的过程中才能感受，如果我没进入创作该有的状态，也会被排拒。或再换个说法，作者真的也是被他所写的作品召唤出来的。

最后，分享一些照片：
1.潘钦信与廖盆的结婚照。

很奇怪，明明搜集了好几年资料，在去年要动笔前我爸才突然想起，小叔家的家族相本有潘钦信的结婚照。因为我爸他们记忆中只见过"三妗婆"廖盆，以及没看过的三舅公。即使后来知道他原来就是潘钦信，但真的没有联结一起，这种遗忘，确实也被我"感受"了。

另外，因为我爸他们记得廖盆的脸而确认这张照片，我则是从历史档案知道潘钦信的样貌。这张脸还蛮能抵御时光的，但还是蛮开心能找到这张，或许世间只剩我们家族有保留（但为什么我们这一系会这么珍惜，又遗忘呢？）顺带一提，陈芳明老师写《谢雪红评传》时，有在美国见过廖盆，当时应该是去探问她在夏威夷的四女儿。

潘钦信与廖盆的结婚照

2. 家族合照。

很多故事我无法硬塞入小说，也是不想打扰还活着的人。

譬如潘的女儿有在美国见过简娥。廖盆除了一人靠着舶来品买

家族合照，画面第二排左起第五位是潘笑，
第三排右二的男子是添新

家族合照

　　　　　　　　　　　　　　　那些行方不明的故事

卖抚养四位女儿外（这非常神秘……），女儿回忆，每年过年，都会邀蒋渭水的孙子来住几天。她对于我的祖父的照护也是真的，再来就是她确实是我父母结婚时的好命婆，也是唯一请她担任的。

所以资料虽然琐碎，感受一下，还是很有滋味的。

再聊，总之能与你通信，很多事情我终于能够更清楚去思考与感受了，内文谈及小说的部分我能否与编辑分享？感谢。

嘉汉

二〇二〇年三月三十一日

▌嘉汉：

谢谢分享照片。

说来，我是没有（来源可意识）家族历史的人，也没有这类家族照片，那种影中人与自己相关的感受，会有多奇异？我不可能真正知道。

就这一点来说，你的确是被赠礼（虽然这礼物的代价实在是太……），但也透过文学还礼了。

如果你觉得通信内容有意思，比起局部摘录，容我建议，是否干脆以通信方式收录书末？

我可以再聊聊关于 Kay。

香吟

二〇二〇年三月三十一日

里面的里面

▍香吟:

如此甚好，但我们就自由去谈，届时再看如何呈现。通信的形式，说不定比推荐序更适合这本书，成为另一个令我意外的"远方的信"。

说到家族照片，我忍不住想分享这张。这是我的外公，我想你对历史的理解比我更深，应该能看出这张照片的脉络，是他太平洋战争入伍前所摄。这张照片，不是家族相本里找到的。这张照片的留存，是在他过世前两三年（大约八十岁吧），没有病痛也没有特别大事，就自己去照相馆翻拍照片，给我妈这边的小孩一人一张。

这是我这封信想谈的。除了照片之外，我最有感受的，想去追问的，是这样的记忆如何被保留的呢？为什么外公会想在这时候突然做这件事，像是某种纪念，给每个小孩？那张照片的时代、年轻的样貌，都是这些小孩没有经历过的（我好像说了废话）。那像是《明室》里的"冬园"照片，透露了父亲某种本质吗？他希望孩子们如何去纪念？而到了我手中，他会希望我怎么理解呢？当然这也是《里面的里面》，我所思考过的问题的反面（但其实是同一件事）：遗忘的形式是如何的呢？为什么如此没有伤、没有压抑、甚至我父亲他们没有意识到？直到很久

　　　　　　　　　　　那些行方不明的故事

以后，才恍然大悟，那个天天要锁门、疑神疑鬼说被跟踪的父亲、怀才不遇的父亲，"可能"遭遇什么事。我在想，这样的故事，或许还存在很多的家庭之中，这是我自己对白色恐怖粗浅的，却想尽可能以自己家庭材料去问得更深的问题。

于是，这隐喻也出现在小说的开头，最初的意象（我很倚赖一个最初意象开展小说，至少这两本）：遗忘的痕迹。抹去痕迹的痕迹，试着沿着这些巨大的遗忘（包括我访谈潘的女儿们），沉默的痕迹，空缺的痕迹。那个把自己足迹也抹去的失踪，自己也忘记有秘密的秘密。

最后说到Kay。我在想，你或许是最适合与我谈论的。我认识她甚晚，就在二〇一五年，留法的最后一年，所以我也能清楚猜测你与她也是那年相遇的。其实，虽然写了一本家族史，也应该会有另一本（关于母系家族的，暂定《外面的外面》，是截然不同的复杂故事），可是我跟祖父母不亲。除了早逝、失智等原因外，还有些难以用这封信交代的原因。却是Kay，不仅愿意、乐意与我们这些异乡的小辈毫无距离的交友（她真的童心未泯），还是一个记忆、经历丰富，而且是天生的说故事者。尽管她的政治立场如你所知，譬如她也曾因为否认有慰安妇而跟一位非常亲近的留学生吵架。不过，她确让我有某种"启蒙"之感，也从她身上，我开始感受祖父在白色恐怖时代所感受到的是什么。

写到这里，忍不住想，说不定一切偶然不是偶然。包括去年那回见面（我请了当天也在现场的年轻小说家洪明道写序），包括与Kay的连结。当然，包括我们因为这本书的联系，我感觉，你所看到的部分，是这本书相当需要的。所以十分感谢愿意收录书信来往，确实，比起推荐的附加性，这整个通信对话，我真心感到是这本书的必要部分。

但且保重，不需急于回应，也无须担忧出书的时程。在这通信里，我们应都没有表演的压力（也因此我终于能谈这些）。

祝好

嘉汉

二〇二〇年四月一日

▌嘉汉：

我喜欢那张外公的相片。一个临死之人，希望自己那般地被记得。很干净，但又有更多的什么。那将是你的下一本小说吗？

没想到年龄、经历相差甚多的我们，会在Kay这个人物上有小小的交集。没错，我确实是二〇一五年认识她的，但非常有限，远远不及在巴黎的你们。我甚至不知道Kay的全名，只因那年有事去巴黎，朋友介绍，便在她家租住了一个星期。

她的小房子，简单、时尚，就和她的人一样，看得出讲究、风华，但已经因为没有更新而显得陈旧。那时她精神还不错，我很快察觉到她是一个有故事的人，然而那次行程我也有我自己的故事。我们礼貌互不打扰，若有交谈，谈的都是西方的事。直到行程后两天，晚上，她邀请我到她的房间去和几位来拜访的台湾学生喝茶吃点心；在那之前，那扇门很少打开。一进去，我才知里头另有天地，起居室的摆设、气氛，让我由二十一世纪的巴黎忽地落入二十世纪中叶的艋舺，然而，毕竟陌生、匆匆，我蜻蜓点水听了一些她的故事，夜晚就结束了。

离开的那天早上，Kay提早从房里出来，询问我们接下来的行程，说了道别的话。那时是春天，早上阳光很美，我们请她站在窗前，说要替她拍张照。

她显得不好意思，笑得腼腆，像少女一样。

后来的事，就像你知道的，我没有机会再见到Kay。那张宛如少女的照片，我也没有来得及寄给她，因为我预备着下次再去巴黎的时候，让那张照片像按门铃似地，叮咚，问：还记得我们吗？我们可以再去拜访你吗？

被遮蔽的没有来得及揭开。想说的没有来得及说。想问的也没有来得及问。我身边没有像kay这样的人物，家族系谱没有时代故事，家人也没提过政治，可以说，是一种被时间抹净的空白状态。即使我后来读了台湾史，却一直没意识到可以把史料里读到的台湾，和自己的生活圈联系起来。比如说，我直到中年，祖父早就去世二十余年后，才忽然脑筋一转，自家祖父不就是和吕赫若、叶石涛差不多年纪的世代吗？为何我连一次也没想过和祖父聊聊所谓日本时代？这么直接的关联，却从来没有从我脑海里跳出来，很荒谬吧。

我们是遗忘的产物。一代一代冲刷。即使线索被提起，事物被出土，情况已经演化成你小说里形容的："这些都在你面前，你却建立不了这些事物彼此的关系，以及与自己的关联"。

之前的信提过，这是我思及台湾常感悲哀的部分。一卷无法被冲洗出来的旧底片。即使想尽办法把底片冲洗出来，辨识那些面目模糊的人事地，但总属于历史范畴的事。你说无法同时思考自己的创作又同时思考台湾的文学与文学史，我理解这种感受、这个过程，甚至我至今仍在这个过程里。

回到苏新来举例吧。我当年把那些句子记录下来是基于文学的嗅觉，或是，你说的"感受"。那些叙述，即使不由苏新，而由其他人口中说出来，我同样都是会被吸引的。是内容与感受的问题，而不是人物身份的问题。

可是，有感受要做什么？能写吗？如果那是真实人物，也是真实发生过的事，我能这样那样地写吗？苏新跟我心里想说的文学语言要怎么兜在一块？我没有办法清楚回答。

苏庆黎（苏新之女）过世后，我读到一些文章，又偶然找到唐香燕的部落格，看她写萧不缠（苏新之妻），很难忘。原来苏新只是起点，一颗丢进湖心的石子，我被打动的是时代翻弄下的人，"行方不明"仍得继续的人生。若从这个角度，之我，恐怕萧不缠要比苏庆黎、苏新更适合作为故事的核心。（附带一提，你的小说一开始，角色廖盆，使我很快联想到萧不缠。萧也是医院里的看护士。另，你看，"盆"与"不缠"——舍弃、不要的意思，都是多么随便的名字，却由她们承接余生。）

主体本身叙述出来的故事，不一定是我们（文学）要的故事。有些故事也未必会被主体自身知觉，遑论诉说。

唐香燕写了她看见的苏庆黎、萧不缠，那些形象，不仅资料不得见，可能连作为对象的苏、萧二人，自身都不一定看得见。回到kay，她留给我的形象，最深刻在于那个临别的窗前。她不会知道我看见了多少。白色蕾丝窗帘，蒙马特的早晨，与漂泊同样残缺的餐盘，衰老而慎重的化妆，少女的笑容。我不知道自己有没有能力与时间去写她（或仅仅只在哪些片段写到她），如果我会，必然是前述意象的触动，也必然得花时间去弄明白她实际经受的台湾政治、个人生涯，但你知道，那是前端的事，之后，我们仍得自己漂流，想办法往文学的海岸靠近。

我逐渐明白，思考创作（自己所能写）与思考外部（那应写的），是同一回事，终究会走到同一回事。难度在于能力与时间够不够——会这么说，意味我自知不足，以前是能力，现在是时间。我读到你的小说的时候，生起一丝类似我读到唐香燕文章的心情（我知道两者完全不同，请容我借喻），心里那段行方不明的岁月，似乎传来回音。我依然感到怀念，但怀念是无济于事的。你的小说让我觉得至少对"无济于事"做出了什么。

关于遗忘。与其说这部小说是试图想起来，或要把遗忘的内容加以补充，不如，反过来说，是直觉对决于"遗忘"。如果说我辈曾经因为遗忘而不会写，不具有资格写，那么，现在，遗忘也是可以写的，应写的。你所谓遗忘的痕迹。

遗忘怎么写呢？遗忘已经淡了，没了，何来痕迹可写？

从创作者的位置，坦白说，我是一个理论戒慎的人，至少，我坚信，理论是其后的事。你在最末章提到理论这项工具，你说："如果你并没有切身之痛，理论的威力不过是种智力的消遣"。

给人极端娴熟于文学理论的你，写出这样的句子，是好坦诚的自省。而我也想坦诚地说，这篇小说让我对理论的介入，降低了敌意。在处理这团记忆的无能，行方不明的路途与形状，理论可以创出一些路径，训练我们思索机警，让词汇进一步琢磨，变形着接近我们想说出来的感受，让我们"看见"也"使人看见"，在失忆与无感之中匍匐前进。

这种理论美好（？）的效果，放诸我们个人智识的成长，进入这本小说的难易度，都存有你说的前提：只发生于"有切身之痛"的情况。切身之痛，讲得好像非得是当事人或关系者（如你作为潘钦信的关系者）才须追究，才能发言，但，事实上，台湾岛上我们已经走到这样的时代——关于记忆如何想起？未来走向何方？几不可能有谁可以声称无涉且无辜，无论你记得的是哪一种生活经验，你同意的是哪一类政治看法，同样无法在现实里心想事成，愿有所归，而是常被幻灭、误解、冲突所笼罩——我们都成了"有切身之痛"的人。

第九章是赠礼，感受是赠礼，切身之痛也是赠礼。新的叙事既然来了，切莫终结。

读稿以来，时代剧变，过往今昔想了不少，但一时间很难多说，信就先写到这儿吧。

平安

香吟

二〇二〇年四月十三日

▌香吟：

在阅读你的信时，我感觉我"看见"那张 Kay 的照片。

当然，这种看到，不比亲眼所见，可以拿在手上端详，当然也不像现在可以在触碰银幕上，拉开拇指与食指的距离，成为一个"7"状，窥看更多的细节。自然也不比脑海中的记忆。然而我仿佛"看见"了。

曾与 Kay 谈起"二·二八"，我谈到家族里流传的那个故事，窝藏过的那位"台共"。她当时联想到，事件发生时，他的父亲赶快让还在读高中的长子、次子回家，把他们藏在家里的榻榻米底下，直到事件过去。一面说，她在我们面前，坐在椅子上，缩起身子，像颗蛋一样，把自己缩得非常小。

那时候，我也仿佛"看见"了：信仔很模糊的身影，在阁楼现身。我很早就知道，如果要写小说，会从那里开始。因为，那其实就是整个家族流传的版本中，几乎是唯一的、静止的叙事了："二·二八"的时候，一位共产党亲戚，窝藏在屎沟巷那栋楼的阁楼里。其他的，则是支离破碎。

换言之，那个角落，是故事的反面。与其说是个开始，不如说是终结的意象。乍看是藏着故事，但一切其实凝固在那里，"那里曾经窝藏过'台共'"之下并没有展开故事的空间，而是反故事的，甚至反叙事的。

香吟，我其实觉得，我们的家庭面对历史的方式，没有太大的不同，我猜想台湾许多家庭可能都是如此。我们是没有"切身之痛"的。

我的父亲那代的历史感匮乏与断裂，到了我自身可能更严重。不仅是小说里提到的，对于闽南语的陌生。我从小可能对于亲属、亲戚都怀有恐惧，尤其那种叫不出称谓的远亲。对于家族的故事，都是怀着距离、有点厌烦、感到无趣的情绪听来的。原来想作为尾章的《绝后》大抵上也是这样的心情：作为独子的我，说这个故事，并没有传承之意，让后代可以凭借记忆。而是我想，关于家族的这些故事，本来该被遗忘，也终被遗忘的。

不过，转念想，你说得对，这种无感、厌烦，在生命的某个阶段，或是透过文学、史料、理论的洗礼后，稍微感到"切身之痛"了。每个人的历程或时刻不同，于我而言，也许真的是在异乡的那八年觉醒的。写信的当下，突然想起以前读到的"我的伤口先于我而存在，我诞生是为了肉身化它"。写作的过程，似乎也是如此。

我很难解释——因为我可能也没完全想通——为何Kay能够唤起我的感受性。但我可以稍嫌粗糙的猜想去回答：那个折叠窝藏的意象，看似结束了，无法再谈论了。可是Kay却经过那么久的时光，在我们奇妙的相遇当中，赠予给我。她似乎表示着，故事其实没有结束，经历过那些事件，她的往后人生其实还很精彩。

我想到一些小事。我家那套前卫出版社的台湾作家全集，是我从法国带回台的。书的主人是Kay的好友，也到了要与医院为伍的年纪，心想这些书也看不成了，所以以想要赠送给人。在她家的客厅，她们海外的台湾人的往事极其庞杂，其中许多爱恨情仇像是古典家庭中的风暴。谁跟谁绝交了，谁背叛了

　　　　　　　那些行方不明的故事

谁，谁跟谁又和好的，搭配很隐晦的，谈论到一些告密者，我感觉那是有故事的，可是别说有没有办法写，那对我而言是无法记忆下的。拜访完毕，我将那套书塞满了买菜推车，步行到车站。等着进巴黎的RER（城市轻轨）时，她看见最上头的封面正是吕赫若集。她用日文念出他的名字，简单地告诉我们，当时是不会用普通话叫的。然后她眉飞色舞地说起吕赫若，说她的姊姊会带她去看演出，听他（吕赫若）拉小提琴、弹钢琴。以时间推算，或以他们的家族的文化资本来看，这并不奇怪。但是，一直以来，吕赫若的名字，对我而言，就是名字、史料，或者是那张俊美无比的照片。Kay的回忆里却是活生生的，身体感的、音乐感的。很奇怪，我当时感觉到的，是彩色的。

我想我也是一样，更关注的，可能是那些"行方不明"之后的故事。也是那些人的余生，阿宽也好、廖盆、潘笑、钦仁等，他们的余生，尽管也是被吞没在巨大的沉默里，与自己谨守的那份安静里。他们将故事带向更远处，即使遗忘，即使他们绝口不提（譬如我的祖父宽真的不曾提过三舅），也会藏在他们自身的故事里。所谓里面的里面。我同意，比起苏新的余生，不缠的故事，可能在我心中会造成一个漩涡。

甚至，容我僭越一点的说，关于"それから"（其后）的事。

写完《里面的里面》至今，得到了许多珍贵的意见与讨论。尽管知道，没办法写进来的比写进来的多，也有某种惆怅——写作之前总以为可以做到很多，将这故事写成气势磅礴、结构繁复，至少想展现更多思考与话语的辩证。最后，在与作品的未知不断追寻、协商、倾听、感受，试图去描绘、说出之后，

里面的里面

作品完成。意思是，不是我完成作品，而就是那么简单，作品完成。我不必是这句话的主词，我只是意识到了，然后交出去。在这里，我必须坦承面对作品，而非二度加工（也是某种巴托比的"宁可不"？）。改稿时，也把过程中有点勉强、用力过度的部分抹去了。

在写作之前，我也曾将自己想象成各种喜爱小说家的样子，经过了这两本小说的完成，我大概也知道自己不是过往所期望成为的那种小说家。"我终究没有成为我想成为的小说家"这个想法，才是我可以再用人生有限的往后数十年，去投入小说这件事的该有的体悟了。

但我相当感谢，书稿完成以来，无论是你，或是编辑、其他的推荐人的意见交流，竟让我在出版之前，能更坦然交出作品，让它在时光中流转，而不必多去解释什么、说明什么，这原不是作者该做的事。可是我可以起身了，新的叙事也默默地绽放了。

也许以一本书的物质层面，这般的通信对话只能写到这。可是我想信本来就是寄往远方的，书信的来往本来不该有压力与限制。疫情当前，时局的变化确实不易言语，一个多月来的通信是我内心相当安静的时刻，信还没寄出，已经开始怀念。

祝好

嘉汉

二〇二〇年四月二十日